「これ、あの、生殖器官ですよね？」

鳴海はペニスを指さす。今まで使ったことはないが、きっと正常な働きをしてくれる
自分の相棒だ。

「それで、えーっと……あ、ここが、肛門で」

しっかり触るのはさすがに恥ずかしいので、かるくチョンと触れて位置を確認する。

なりきりマイ♥ペット
～愛ハム家・入門編～

chi-co

Illustration
CJ Michalski

B-PRINCE文庫

※本作品の内容はすべてフィクションです。
実在の人物・団体・事件などには一切関係ありません。

CONTENTS

なりきりマイ♥ペット

～愛ハム家・入門編～

プロローグ

ガラガラッ　ガンッ
「わぁぁ！」

「……っ？」

「……」

建設中のビルの中に響き渡る金属音。そして、少し後ろから同時に上がった焦った声と、直ぐ隣の息をのむような気配に、藤枝隆司《ふじえだたかし》は内心大きな溜め息をついた。

「ふ、藤枝さん？」

隣を歩くクライアントが動揺して声を掛けてくるが、藤枝は完璧と評されるビジネススマイルを浮かべて大丈夫ですと告げる。

「よくあることですから」

「よ、よく？」

「ああ、今回の仕事に関しては彼は携わっていません。あくまでも本日は私の運転手として同行しているだけですので心配は無用です」

不安げな相手にもう一押しの笑みを向けた後、藤枝はちらっと今の元凶に視線を向けた。

まだ内装工事中なので足元に様々な資材や道具が置いてあるのは当然で、建設会社の社員ならばクライアントの安全を確保することも常識だ。

それなのに、自ら不安感を煽るとは……。出来れば無視して行きたかったが、横顔に感じる確認してくれという縋《すが》るような眼差しと、無視が出来ない苦労性な性格もあって、藤枝は失敗をしてしまった後輩に渋々声を掛けた。

「姫野《ひめの》、大丈夫か？」

「……はい」

自分と同じ社名入りの白いヘルメットを被っている後輩は、言葉少なに頷く。

藤枝よりも頭一つ低い後輩の表情は普通に見るだけでは見えない。入社二年目というまだまだ若いといっていい年なのに、眉毛の辺りで一直線に切った黒髪は野暮ったく、独特の髪形のせいか社内の女性連中からはキノコちゃんと呼ばれていると聞いたことがあった。

同じ部署で、今年からは藤枝の助手的な位置にいるこの後輩とはよく一緒になるが、三ヶ月経つというのにいまだまともに視線も合わない。

怖がられるような外見はしていないと思うし、本人も指導は素直に受けている。気づくと、こちらを向いていることも多いのだが……。

(本当にわけのわからん奴)

女子社員などは、外見をいじれば可愛くなるのにと言っていたが、藤枝からすればどこをどういじればそんなふうに思えるのかまったくわからない。

「安全第一だぞ」

「はい」

「……」

「……」

「……では、行きましょうか」

頷く後輩は、頷く以外何も反応を示さない。

待っていても会話が続かないのはわかっていたので、藤枝は直ぐに振り返り、こちらを心配そうに見ているクライアントににっこりと笑ってみせた。

＊　＊　＊

【今日も師匠は完璧にカッコよかった。ヘルメットもいつも通り王冠に見えるほど輝いていたし、何より今日は僕のことを心配してくれて。それだけで天にも昇る心地にさせられた♡】

「ふ、ふふ、ふふふ……」

目の前にある背中を見つめながら、姫野鳴海《なるみ》は聞いた相手が引くような含み笑いを零《こぼ》した。

先程、退社前にこっそりと書いた観察日記を思い出し、それと合わせてその人物の姿も鮮やかに頭の中に浮かんできたからだ。

毎日会うというのに、毎日そのカッコ良さが増していくなんて、いったいどんな魔法を掛けられているのかと身を捩《よじ》る思いだが、もちろんその魔法を解《と》いてもらいたいなどとはつゆほども思っていない。

誰が見ても完璧な男。鳴海の中では師匠と崇《あが》めるほどに、藤枝隆司は自分がリスペクトするに相応《ふさわ》しい人間だ。

(今日は声も掛けてもらったし、もう、興奮して眠れなくなりそう!)

鳴海は再びふふふっと笑みを漏らした。


今年入社二年目になる鳴海は、幼い頃から自分の容姿にあまり興味がなかった。流行《はやり》のものを追い掛けるのも苦手だったし、女の子にモテるということを考えるのも億劫《おっくう》だった。

今にして思えば、男っぽい父と二人きりの生活だったからかもしれない。

それは今の会社に入社した時まで変わらなかったのだが、配属された部署で鳴海は自分の理想の人間に出会った。それが、藤枝だ。

ダサく特徴のない自分とは違い、高身長でスタイルの良い藤枝はファッションセンスも良く、営業成績も抜群だった。その上、そういう人物にありがちな傲慢《ごうまん》な性格ではなく、誰にでも平等で社交性もあり、男女共に人気のある彼に憧れ、自然と視線がいくようになり――。

趣味もなく、熱中するものもなかった鳴海にとって、いつしか藤枝は自分の感情を揺さぶるすべてになっていた。

それはやがて、彼の言動を逐一チェックするという行為にまで及んできて、今や藤枝観察日記は五冊目に突入している。

書いてあることはどれも藤枝が何をしたか、どんなにカッコ良かったかというものばかりだった。憧れの彼のようになりたいというよりも、理想の相手の一挙一動を目に焼き付けて鑑賞したいという思いの方が強く、藤枝の素晴らしい面を知っていくごとにその思いは日々バージョンアップしている。

もちろん、鳴海はそんな自分の行動を会社の人間に気づかれないようにしていた。自分だけが知っている藤枝の姿を、わざわざ他人に教える気はない。

誰にも知られることのないまま、鳴海は常に彼の動向を見つめている。今年に入って職場では藤枝のアシスタントにつくことが多くなり、新しく知ることも増えた。

昼食は二回に一回はトンカツを食べるし、その一方で付け合わせのプチトマトは必ず残すとか。現場で飲む缶コーヒーは意外に糖分が多くて、時々飴《あめ》も舐めているとか。

見掛けの完璧さを裏切る小さな意外性を知ることが楽しく、さらに鳴海の観察意欲は増していった。

「あ、やっぱり寄ってる」

じっと見つめていた背中が、ある店の前で止まった。ファンシーな外見のその店からは、元気の良い犬の声がする。

（今日もハムちゃんの餌《えさ》を買いに来たのかな）

店の中に入って行く姿を見送ってから、鳴海は建物横の路地にすっと入り込み、開いている小さな窓から漏れてくる藤枝の声を聞いた。

「こんにちは」

「ああ、いらっしゃい、藤枝さん」

「横内《よこうち》さん、今日もいつものお願いします」

「ええ。ハムちゃん、どうですか？」

「元気ですよ。食欲もあるし」

「それは良かった」

店の人間と話している藤枝の姿をチラッと覗くと、その笑顔は会社で見せるものよりも数段輝いている。

（か、カッコいいです、師匠っ）

　藤枝がどうしてそんな顔をするのか、もちろん藤枝観察をしている鳴海は知っていた。クールに思われがちな彼には、部屋に可愛らしい同居人がいるのだ。

「今日は珍しいおやつも入荷したんですけど」

「じゃあ、それも貰おうかな。ハムの奴、結構食欲があるから」

　それは、人間の女ではなく、彼が一年ほど前にこのペットショップで一目惚れをして買い求めたハムスターだ。

　鳴海には読み切れなかったが、どうやら彼にもストレスがあったようで、彼はハムスターを溺愛《できあい》するようになった。最初の頃はほぼ毎日ペットショップに寄って飼い方を習っていたし、その後も週に二回は立ち寄って様々な餌や遊び道具を購入した。

　人間に優しい彼はペットにも同じなんだと思うとますます心酔してしまい、とうとう鳴海はある日、自身もそのペットショップに足を踏み入れてしまった。

　あくまでもさりげなく藤枝の情報を入手するために、藤枝と懇意な店長は避け、バイトの若い女を狙った。

　藤枝が買い物をして店を出た後に自分が入り、今の人カッコいいですねと話し掛ける。すると、バイトの女は途端に口が軽くなった。

　藤枝がどんなにカッコいいのか話し始めるが、彼の良さは自分が一番知っているので笑顔で聞き流す。そして、ようやく肝心なハムスターの情報を聞き出した。

全身白い毛に、頭の部分だけが黒いという、少し変わった毛並みのハムスターは、売れ残っていたところを藤枝が買ったらしい。

「一目惚れをしたって言った顔がすっごく可愛かったんですよ～」

その言葉に、鳴海はとっさにバイトの女に敵意を抱いた。そんな藤枝の顔は自分こそ見たかったと拳《こぶし》を握り締める。

名前にセンスがないとか、ハムスターのことを話している時顔がだらしなく蕩《とろ》けているとか。そんな話を聞いて鳴海はますます藤枝への好感度が上がった。藤枝は本当に優しくて、愛情深い人間なのだと思い知ったのだ。

ただし、それを頬《ほお》を染めて話す相手がどうしても気に入らなかった。出来るなら鳴海も、そんな藤枝の顔を間近で見てみたい。

社員寮になっている同じマンションに住めばその可能性もあるかもしれないが、自分にべったりな父を説得するのは至難の業《わざ》だ。それに、一定の距離を置いてこそ、対象がより輝いて見えると鳴海は信じていた。

「じゃあ、また」

「……っ」

（出ちゃう！）

店長と少し話した藤枝は、今日買い求めたハムちゃんのおやつを大事そうに抱いて店を出た。鳴海も二十メートルほど距離を置いてその後を追う。

ここから社員寮まで地下鉄で二駅。鳴海の観察は彼がマンションのエントランスの中に姿を消すまでだ。

(あ～あ、一度でいいから師匠の部屋を見たいなあ)

社員寮に入寮したいからと、総務課に行って間取りのコピーを貰ったことがあるが、それを見てもさすがに内装まではわからない。

残念ながら、盗聴は犯罪だろう。犯罪者になって捕まったら、それこそ藤枝観察が出来なくなってしまう。

人ごみの中、身長の高い藤枝の姿は目立つ。時折擦れ違う女たちが振り返ってまで彼を見ているのを見付けると、なんだか自分まで自信に満ち溢れてしまいそうだ。

(今日もお疲れ様でした、師匠)

今日も、無事彼が帰宅し、愛するペットのハムちゃんと有意義な一時《ひととき》を過ごすことを願う。

鳴海はこそこそと藤枝の後を追い掛ける自身の姿が周りの目には不審に映っていることにまったく気づかないまま、今日も熱心に脳裏にその行動を焼き付けた。

人によっては変わっていると思われるだろうが、鳴海にとってはそれが幸せで当たり前な日常だ。そしてそんな日々が、この先もずっと続くと思っていた。

飼い方その一　まずは運命の出会いをしましょう

【今年の新入社員は師匠にべたべたしすぎる！　ここが会社ではなく、ホストクラブと間違えているんじゃないだろうか。師匠も迷惑そうな顔をしているし、今日もちゃんと僕が邪魔をしてあげないといけない。

そうでなくても、師匠は大変な時なんだ。ちゃんとそのことをわかってやれない奴は側に寄って欲しくない！】

何時《いっ》ものように出勤時間の一時間前に家を出て、社員寮の近くで藤枝が出てくるのを待っていた鳴海は、今朝観察日記に書いてきたことを思い出して顔を顰《しか》めた。

今年も新入社員が入社し、研修期間を終えた彼らはそれぞれの部署に配属されたが、自分と藤枝の部署にやってきた女子社員は事あるごとに藤枝に接触をしていた。

もちろん、仕事上で必要があれば仕方がないと思うが、どう見てもその女子社員は藤枝自身と話をすることを目的としている。

鳴海はさり気なくその行動を妨害していたが、自身もまだ二年目なのでそれほど先輩風を吹かすことが出来ない。いや、そもそもあの女子社員は鳴海など眼中にないので、その効力はないに等しかった。

さすがに目に余るようになれば課の女子社員に告げ口してやろうかと思っていると、マンションから藤枝が出てきた。

（……やっぱり、今日も元気がなさそう……）

今日も変わらずさっそうと歩いてきたが、やはり藤枝の顔色は悪い。心配でたまらないのに、駆け寄って声を掛けることは出来なかった。

藤枝の様子が少し変わってきたのは三週間ほど前からだ。何時も精力に満ち溢れ、輝いていた藤枝が、社員寮から出てきた時、なぜか酷《ひど》く落ち込んで見えた。

初めはただ疲れているのかと思っていたが、仕事の合間などで溜め息をつく姿を見てしまうと、今度は身体《からだ》の調子が悪いのかと心配になった。

さらに変だと思ったのは、あれだけ通っていたペットショップに行かなくなったことだ。毎日後を追っているので別の店に行っているわけでもないとわかっていて、どうしてなんだろうと不思議でたまらなくなった。

我慢は一週間しか出来なくて、先日思い切ってあのペットショップを訪ねたのだ。

以前にも藤枝のことで会話をしたバイトの女に、その後進展はありましたかと話し掛けてみた。すると、あー……っと、複雑そうな顔になった女は、もう無理ですよと告げてくる。

「彼のハムスター、いなくなっちゃったんですって」

それは、鳴海にとっても衝撃的な事実だった。そして、同時に納得がいった。

あれほど可愛がっていたハムスターがいなくなり、藤枝は意気消沈してしまったのだ、と。

話によると、一週間ほど前の夜、ペットのハムスターがいなくなったと突然店に電話が掛かってきたらしい。

つい数時間前までケージの中で元気に遊び回っていたのに、風呂から上がったらその姿がなくなっていた。それまでも何度か脱走を企《くわだ》てていたので、初めはハムの遊びに付き合うつもりで部屋中を捜したが、結局見付からなかった。

午後十時を過ぎ、ハムスターがどんな所に隠れるのかを直接店長に聞きに店にやってきた藤枝は、真っ青な顔色だったそうだ。

「あれだけ可愛がっていたし、なかなか次を飼うって気持ちにはなれないだろうって店長言ってたんですよ。店に来てくれなくちゃ慰めることも出来ないし」

アタックをすることが出来なくなったと嘆く言葉を完全にスルーして、鳴海は店を出た。

まだ、聞いたばかりの事実をどう解釈していいのか頭の中が混乱していたが、それでもわかっていることは藤枝が今、とても悲しんでいるということだ。

もっと親しければ慰めることも出来たかもしれないが、今の自分の立場ではそれはとても難しい。

鳴海が真実を知ってからも日々憔悴《しょうすい》していく藤枝を、ただ見つめていることしか出来ないのがじれったかった。

どうにかして彼の悲しみを解消してあげたいが、自分という存在を表に出さずにどういう方法があるだろうかと考えた。

ペットロスには、新しいペットを飼うことが効果的だと思うものの、今の藤枝が新しいハムスターを受け入れるとは思えない。社員寮は小動物以外のペットは飼うことが出来ず、犬や猫は駄目だ。

方法を思い付かないまま時間は過ぎていき、ハムちゃんがいなくなって三週間、いい加減藤枝の体調は最悪の状態だろう。

（……大丈夫かな）

心配になると、その足取りさえ気になる。

このまま地下鉄に乗って、会社まで歩いて行けるのだろうかと思った鳴海は、何時もは隣の車両に乗るところを思い切って同じ車両に乗った。

（物憂げな師匠って、色気垂れ流し……）

そうでなくても、何時も異性からのアピールを含んだ眼差しを向けられる藤枝だが、今日はさらにその視線の数が多い気がする。はぁ……と溜め息をつく姿も男の色気がたっぷりで、鳴海は心配と同時に憧れの眼差しで見つめてしまった。

地下鉄の二駅はあっという間に過ぎて、会社の最寄りの駅で降りた藤枝の後を慌てて追い掛

けた鳴海だったが、

「……っ」

「あ！」

突然、目の前で藤枝の長身が揺れたのがわかった。

人ごみの中、急いで彼の側に駆け付けた鳴海が手を伸ばすと同時に、目の前の背中がガクッと崩れ落ちる。

「きゃあっ」

「あっ！」

通勤途中の何人もの人々が焦ったり驚いたりする中、鳴海は何とかホームに倒れ込みそうになる藤枝の身体を支えた。しかし、体格の差のせいで支えきれず、自分の方が巻き添えをくってペタンとその場に尻をついてしまう。

「……っ」

一瞬、痛みが走ったが、もちろん藤枝の身体から手を離すわけにはいかない。

「師匠っ、あっ、藤枝さん！」

心の中で呼び掛けている愛称でつい呼んでしまった後に、慌てて藤枝の名前に呼び変えた。さすがにこの駅には同じ会社の人間がいるかもしれないと思ったのだ。

「大丈夫ですかっ？」

藤枝は白い顔色のまま、目を開けてはくれない。どうしたらいいんだろうと焦る中、ようやくホームにいた駅員が駆け寄ってきた。

「すみませんっ」

たまたま鳴海が巻き込まれてしまったと思われたようで謝罪の言葉を受けたが、鳴海は慌てて首を横に振った。

「ぼ、僕っ、同じ会社の者ですっ」

「お知り合いですか？」

藤枝が聞いたら単なる同僚だと言うかもしれないが、気を失っているらしい彼に聞かれる心配などない。

「友人です！」

思い切り大声で言うと、駅員が一緒に来てくれますかと言った。もちろん、このまま藤枝を置いて出勤など出来るはずもなく、鳴海は即答で行きますと答える。

すると、駅員は直ぐに携帯電話を取り出して連絡を取り始めた。

長身の藤枝を駅員一人ではとても運べなかったらしく、小柄な鳴海は戦力にならないと思われたのか、応援の駅員が二人やってきた。

タンカーまで持ってこられ、まるで重病人といった様子で駅の中の医務室に運ばれる藤枝の側に鳴海はずっと付いている。

突然の出来事に焦っていた鳴海は、駅員に会社の方は大丈夫ですかと言われ、慌てて藤枝と共に遅刻するという旨を会社に伝えた。

「どうやら、貧血と寝不足らしいですね」

医務室にいた医者がそう伝えてくれた時には安堵《あんど》で涙が出そうになったが、ただの同僚がそこまで喜びを表してはおかしいと思い、鳴海は俯《うつむ》いたままそうですかとだけ答えた。

時刻はまだ九時を少し過ぎた頃で、鳴海自身はこのまま会社に行くべきなのだろうが、どうしても藤枝を残して立ち去ることが出来なかった。

(ど、どうすれば、ここに残れるだろ……)

とっさに考えた鳴海は、急に腹を押さえてその場にしゃがみ込んだ。

「い、痛っ、痛いっ」

「どうしましたっ?」

いきなり痛がり始めた鳴海に、駅員が焦って問い掛ける。

「お、お腹、痛くて……っ」

「じゃあ、すぐ先生に診てもらいましょうっ」

「いいえ、あのっ、そのっ、ちょっと、トイレに!」

実際に診られてしまえば仮病だとバレてしまうので、鳴海は腹を押さえたままトイレに向かってダッシュした。腹痛を訴えた急病人が、走ることが出来るという矛盾には気づかない。

これで腹の具合が悪いのだろうと思ってくれるはずだとしか頭の中になかった。

（しばらくトイレに閉じこもっていたら、このままここにいられるだろうし）

トイレの個室に飛び込んだ鳴海は、そこでようやく息をついた。

心配していたとはいえ、目の前で藤枝が倒れてしまってから、それほど彼が精神的に参っていたのだと改めて気づかされた。藤枝ウォッチャーを自認している自分が恥ずかしい。

何より、体調が悪い彼を物憂げでカッコいいなどと見ていた自分の頭を殴りたくて仕方がなかった。

もしも鳴海の可愛がっているペットがいなくなってしまったら、いや、今までの藤枝観察を綴った日記をなくしてしまったら、どん底まで落ち込んでしまって浮上することは出来ないかもしれない。

公私をきちんと分け、会社では忙しいのだろうと思わせる程度にしか変調を見せなかった藤枝は、やっぱり男の中の男だと感じた。

それでも、このままでいいのだろうか？

悲しみを誰にも見せずに内に秘めたまま、ずっと暮らしていくなんてあまりにも寂しい気がする。

「……ハムちゃん……」

（どうして、師匠を置いて行っちゃったんだ……）

ペットショップで、目を輝かせてハムちゃんの話をしていた藤枝を思い浮かべる。

元々、藤枝は才能もある上に努力家だが、ここ一年間の彼の活力の元は間違いなくハムちゃんだ。そのハムちゃんのことをずっと引きずったまま生きて行くなんて、藤枝はもちろんハムちゃんだって報われない。

鳴海はそれまで周りにあまり興味が湧かず、日々淡々と過ごしてきた。そんな時、眩《まぶ》しいほどの存在として目の前に現れ、今では生き甲斐にもなっている心の師匠と慕う藤枝に、何とか元気になって欲しい。

いや、何時でも笑っていてもらいたい。

（絶対、師匠の笑顔は僕が取り戻す！）

鳴海はトイレの個室に閉じこもったまま、トイレットペーパーを握り締めながらどうしたらいいのかを一心に考え続けた。


藤枝だけではなく、鳴海の人生をも左右する問題。

しかし、答えは、案外早く出た。人間、追い詰められた時の方がアイデアが出るらしい。

鳴海が考えた《藤枝奇跡の回復作戦》の内容は、《自分が彼のペットになる》ことだった。

一見、荒唐無稽《こうとうむけい》な考えに思えるが、同じハムスターを飼うのは無理だろうし、他の動物も同じだ。

恋愛は、彼に相応しい女性は今は周りにおらず、鳴海自身女にモテる藤枝は尊敬出来ても、女に甘える彼を見たいとは思わない。多分、藤枝も今はそんな気持ちになれないだろう。

それならば、悲しい現実を忘れるために、少々驚くほどの非現実的な体験をしてもらってみたらどうだろうか？

人間のペットではなく、人間がペットになる。

藤枝を慰めると同時に、今までわからなかった部屋での藤枝の様子を見ることも出来る。思い付いた発想は、すぐさま最善の方法に思えた。

体調の回復した藤枝と共に会社に出社した鳴海は、何か言いたげな藤枝を心を鬼にして無視した。

そして、体調を気遣われ、早々に退社をさせられた藤枝を涙をのんで見送る。本当は無事にマンションまで帰れるのか付いていきたいが、今はしなければならないことがあった。

「すみませんっ、携帯を忘れちゃって、ちょっと貸してもらっていいですかっ？」

夕方、やってきた清掃会社の若い作業員にそう声を掛ける。普段は知らない相手に自分から声を掛けることなど滅多にないのだが、目的があるのなら自分の信条を曲げることは全然厭《いと》わなかった。

突然声を掛けられた作業員は訝《いぶか》しげな顔をしていたが、それでもどうぞと差し出してくれる。それを使って、鳴海は藤枝の携帯へとメールを送った。藤枝と一緒に仕事を始めた頃、メール交換をしたのでアドレスは知っているのだ。フリーメールを使ってしまうと、悪戯《いたずら》かチェーンメールだと疑われて読まれずに消されてしまう可能性もある。それは絶対に避けたい。

【ご主人様、ずっと一緒にいられて嬉しかったです】

まず、そう送った。自分がハムちゃんなら、絶対そう思うと考えた。

そして、もう一文、

【今度兄弟が行ったら、絶対に可愛がって下さいね】

と、送った後、メールを削除し、藤枝のアドレスを受信拒否に設定する。

作業員に丁寧に礼を言ってからそれを返すと、鳴海は急いで課に戻った。

週の半ばのせいか、残業する人間はあまりいない。まばらに残っている社員たちは、鳴海がまだ居残っていることにさえ気づいていないだろう。

まったく知らないアドレスからメールを送ったのは、自分だとバレないようにするためだ。きっと、藤枝は驚くだろうし、悪戯かと疑うかもしれないが、モヤモヤとした気分にはなるはずだ。

(今のうちに……)

鳴海は自分のデスクのパソコンを開き、目当ての情報を探し始めた。

「着ぐるみ、着ぐるみっと……」

藤枝のペットになるには、素《す》の《姫野鳴海》であってはならない。あくまでもいなくなったハムちゃんの身代わりとして彼を慰めるために、ハムスターになりきらなくてはならなかった。もちろん、人間が動物に変化出来るわけがないので、そこでアイテムが必要となる。それで、鳴海は着ぐるみというものを選択することにした。

とにかく、藤枝を慰めるためだ。やるからには完璧を目指したいので、ハムちゃんの毛並みと同じ、白に頭だけ黒いハムスターの着ぐるみを探し始めたが……これがなかなか見つからない。

パーティーグッズのようなチャチなものは避けたいし、かといって自分で作るのはとても無理だ。都内にないのなら近辺の県にまで出向いてやるという意気込みはあったが、それでも簡単には希望の着ぐるみは見付からない。

「……オーダーメイドにしたらどのくらい時間が掛かるんだろう……」

藤枝の状況から、それは一刻でも早い方がいいのに……画面を見ながら眉を顰《ひそ》めていた鳴海は、唐突に背後から肩を叩かれた。

「！」

ビクンと全身が震えた後、硬直する。いったい誰だと焦る耳に、少しだけ笑みを含んだ声が聞こえた。

「何、私用で使ってるんだ？」

「か……ちょ」

それは、課長の新里政幸《にいさとまさゆき》だった。

「ハムスターの着ぐるみ？　どうしてこんなものを検索している？」

後ろから圧《の》し掛かられ、とっさに画面を閉じようとした手を押さえられる。自分とは体格の違う新里の拘束から逃れることは無理だと早々に諦めた鳴海は、それでもこの画面を見ていた本当の意味は隠すためにとっさに誤魔化そうとした。

「忘年会の、余興用、です」

「まだ夏なのに？」

どうやら、その理由は時期的にまずかったようだ。

「オーダーメイドとか言っていたし、何か特別なわけがありそうだな」

どうしようと、鳴海は焦った。

三年前、三十三歳で課長になった新里は社内でもきれ者だと評判で、本当ならとっくに部長に昇格してもおかしくないらしい。それなのに、本人が現場主義ということで昇進を固辞していると聞いたことがある。

独身で、藤枝には劣るが男前で、仕事の出来る新里がいまだ独身なのは社内の七不思議だとも言われているが、厳しい反面人当たりがいいので人気があった。

そんな彼は課内でも目立たない鳴海にしょっちゅう声を掛けてくれる。その多くはからかい半分だが、社内で一番誰と話しているのかと言われたら間違いなく、この新里だ。

それでも、この状況はまずいのではないか。

「姫野」

「は、はいっ」

「正直に言えば、この着ぐるみのことを考えてやってもいいぞ」

「えっ？」

「正直に、だ」

にっと口角を上げて笑う新里は、クレームを言ってきた相手に対する時のような意地悪な顔だ。それでも、そのクレームを毎回見事に解決しているのも事実だった。

（どうしよう……）

選択の余地はなかった。

＊　＊　＊

「ふー……」

自分の部屋のベッドに横になった藤枝は、もう何度目になるかわからない溜め息をついた。

大切で、大事で、自分にここまで父性があることを自覚させてくれたペットのハムスター、ハム。

大人しい性質だったが、手を差し出せば駆け上がってきたし、ヒマワリの種を食べる可愛い仕草も見せてくれた。

いなくなったハムを部屋中捜し回り、キッチンの小さな窓が少しだけ開いていたのに気づいた時はああと深い絶望感に襲われてしまった。

生きているのか、死んでいるのか。今となってはまったくわからない。もしも、この手の中で死んだとしたらまだ諦めがついただろうに、そうでないからこそ、余計に気持ちの整理もつかなかった。

日が経つにつれて空っぽのケージを見ているだけで気分が落ち込んでしまい、夜も何度も目が覚めるようになって、とうとう昨日は情けなくも出勤途中の地下鉄の構内で貧血で倒れ、昼近くまで医務室で横になっていた。

驚いたことに、そんな自分を助けてくれたのは後輩の姫野だった。

コンビを組むことが多いとはいえ、一度も二人で飲みに行ったこともなく、世間話さえしたことがないというのに、彼は藤枝が目覚めるまでずっと側に付いていてくれたらしい。

「友達思いだねえ」

中年の駅員に笑いながら言われ、まさか友人ではないとも言えずに、藤枝は一応礼を言った。

「迷惑、かけた」

「いいえ」

相変わらず、真っ直ぐに目を見ることもなくそう答える姫野とはそれ以上会話も続かず、気遣ってくれる駅員たちに礼を言って二人で出社した。

事情は前もって姫野が伝えてくれていたらしく、遅刻を咎《とが》められることもなくて、周りからは仕事のしすぎだと心配もしてもらった。

姫野のことが気になって視線を向ければ、課長である新里の前で頭を下げている。

姫野が遅刻したのは自分のせいなのにと庇《かば》うために足を向けようとすると、新里に額を軽く小突かれた姫野は……驚いたことにムッと口を尖らせていた。上司に向ける顔ではないと思うより先に、姫野がそんなにも豊かな表情をすることに驚く。

考えてみたら、藤枝は姫野の笑顔どころか、真っ直ぐな眼差しさえ向けられたことがない。

そこまで考えた藤枝は、自然に眉間の皺が深くなるのを自覚する。

昨日は早々に退社させられてしまったので、今日は出社して直ぐに姫野を捕まえて昨日の礼を言ったが、姫野は同じように「いいえ」と答えて直ぐに逃げ出してしまった。

その日は仕事でも一緒になることはなく、何時もは自分が帰るまで会社に残っている姿も定時には見えなくなって、藤枝は礼のつもりの食事にも誘うことが出来なかった。

（俺、あいつに何かしたか？）

気になることはまだあった。昨日、見知らぬアドレスから送られてきた二通のメール。それはまるでいなくなってしまったハムから送られてきたようなものだった。

直ぐに相手を問うメールを送ったが受信拒否をされて、モヤモヤとした気分はいまだ消えることがない。

いったい何が起きているのだろう。藤枝はソファに横になったまま考えていた。

その時だった。

ピンポーン。

インターホンが鳴り、藤枝はソファから起き上がってそのまま玄関に向かった。

防犯がしっかりとしているこの社員寮のマンションでは、エントランスで一度来訪を告げなければならず、住人は声と映像で相手を確認出来る。そして、階上に上がるドアの施錠《せじょう》を解除して、その後玄関の前でもう一度直接インターホンを鳴らしてもらうのだ。

今回は玄関のインターホンだったので、社員寮にいる同僚の誰かがやってきたのかと気軽に考えていた。飲みに誘われてしまうのかもしれない。

（今はそんな気分じゃないけどな）

時刻は午後九時を少し回ったくらいだ。気晴らしに付き合うのもいいかもしれないと思い直しながら、相手を確かめることなくドアを開けた藤枝には、そこにまったく想像もつかない物体を見てしまった。

「こんばんは！」

　その物体は、しゃべった。

「……お前……」

「僕、ハムちゃん二号です！」

　元気に返事をする相手に、藤枝は呆然と繰り返す。

「……ハム、二号？」

「そーです！　ぜひ、可愛がって下さい！」

「可愛がってって……姫野、どうしたんだ？　お前」

　自分よりも頭一つ分低い相手は、いわゆる着ぐるみというものをすっぽりと着込んでいた。

　確かに、そこに立っているのは、いつも会社で見掛けるスーツ姿ではない。それでも、開いている顔の部分から覗く黒い前髪は記憶の通り眉毛の高さ一直線に揃えて切られていて、これだけでも姫野だと直ぐにわかる。

　だが、本人は大きく首を横に振った。

「僕は姫野なんて名前じゃありません！　ハムちゃん二号です！」

「ハム……って？」

（どうして、姫野がハムのことを知ってるんだ？）

親馬鹿なことを知られるのが恥ずかしくて、ハムスターを飼っていることは課内の人間に表立って話してはいない。もちろん、社員寮に住む同僚が部屋に遊びに来ることはあり、飼っていることを知っている者はいたが、いなくなったことまで教えてはいなかったはずだ。

そもそも、ハムの名前を社員寮に住んでいない姫野がどうして知っているのか。

ハムスターの《ハム》。何の捻《ひね》りもない名前だったが、藤枝はハムと呼び掛けてくりくりとした目を向けてくれるその様がとても気に入っていた。

「……ハム？」

そう思うと、初めてこちらを真っ直ぐに見上げてる姫野の目がとても大きくてくりくりしていることを意識してしまい、思わずそう呼んでしまう。

すると、姫野は……いや、ハムは、元気よく右手を挙げてはいと答えた。

藤枝の脳裏に、昨日貰ったメールの文面が思い浮かぶ。

（兄弟が行ったらって……まさか、このことなのか？）

＊　＊　＊

（う……師匠の視線が眩しい……っ）

そうでなくても憧れて止《や》まない人に真っ直ぐに見られるだけでも心臓がバクバクする。

しかし、ここで怯《ひる》んではいられなかった。どうしても藤枝には自分がハムちゃんの兄弟だと信じてもらわなくては困るのだ。

今の自分を藤枝の愛するペット《ハムちゃん》として受け入れてくれなければここに来た意味がない。

「……」

「……」

目の前で黙ったまま自分を見つめてくる藤枝の表情は険《けわ》しい。

ペットだった《ハム》の兄弟だと強引に言い切った鳴海を家の中に招き入れたものの、どう扱っていいのか悩んでいる様子だ。

常識人の藤枝ならばそれも仕方がないし、それよりも鳴海はこんなに間近で、真っ直ぐに彼を見つめることの出来る幸せに震えていた。

「……姫野、お前、どうしてハムのこと……」

「僕は姫野じゃありません。ジャンガリアンハムスターのハムちゃんの兄弟です。毛並みだって一緒でしょ？」

真っ白な毛並みの中で、頭のてっぺんだけ黒い毛が交じっていたハム。今鳴海が着ているのも、まったくそれと同じにしてある。

もちろん、量販店やパーティーグッズを取り扱っている店にあるようなチャチな着ぐるみではなく、耳は丸く、しっぽは長くて、見た目も滑《なめ》らかで光沢のある生地だった。実際、ビロードのような手触りは鳴海自身確認済みだ。

かなり変わった毛並みをオーダーメイドで忠実に再現したという自負のある鳴海は、もっと藤枝に信じてもらえるように手の内のデータを披露した。

「市販の餌だけじゃなく、生野菜もちゃんと与えてくれてたし、ヒマワリの種だってたくさんくれて。でも、一番の好物はイチゴでしたよね！」

そう言うと、藤枝の目が僅かに見張られた。

ハムスターの好物がヒマワリの種だということは知られているだろうが、ハムちゃんの好物がイチゴだということは藤枝と、相談に乗っていたペットショップの店長しか知らない事実だからだ。

もちろん、鳴海は最初に藤枝のペットの情報をくれたアルバイトの女から聞き出していた。

「……どこで、それ……」

「だって、僕はハムちゃんの兄弟ですから！　ちゃんと聞いてます！」

強引に言い切った鳴海は、そのまま玄関を上がった。

「おいっ」

この格好では靴もはけなかったが、着替えはこの建物の中のある場所で行ったので足の裏も綺麗なはずだ。

（うわ～……、師匠の部屋だ）

初めて見る藤枝の部屋は、彼らしくシンプル……ではなく、いかにも独身男の一人暮らしといった雑然とした雰囲気だった。汚いというよりは、より生活感のある場所。

洗濯ものが一ヶ所に固まっていたり、テーブルの上にビールの空き缶があったり。

それでもキッチンにはちゃんと料理をしている様子もあって、ダイニングテーブルの椅子《いす》に濃紺のエプロンが掛けられているのがレアだった。

（これを着けた師匠の写真を撮りたい～！）

「おい、姫野！」

「……あ」

そんな鳴海の視線が、リビングの奥にひっそりと置かれているケージに向けられる。

床に敷き詰められたオガクズも、木で作られた家も、餌を入れている皿もそのままなのに、そこに暮らしているはずのハムちゃんの姿だけがなかった。

（本当に……いなくなっちゃったんだ……）

藤枝が話していたというハムちゃんの話だけで愛着を感じていた自分がこれほど寂しいと思うのだ、可愛がっていた藤枝の悲しみは想像に難くない。

そんな藤枝を絶対に喜ばせてやると改めて決意した鳴海は、情けなく歪んでしまった顔に全開の笑顔を張り付けて振り向いた。

「こっち、こっち来て下さい！」

鳴海は藤枝の手を引っ張ってリビングのソファに座らせると、失礼しますと断ってからその膝に乗り上げる。本当はハムちゃんのように藤枝の手のひらに乗りたいのだが、いくら小柄だとはいえ人間の自分が手のひらに乗れるはずもない。

鳴海にすれば妥協したコミュニケーションなのだが、藤枝は焦ったように肩を摑んで引き剝がそうとした。

「俺の話を聞けって！」

「はい」

素直に頷くと、藤枝は今度は拍子抜けしたような表情になる。こんなにも鮮やかに表情が変わる藤枝を見るのはやはり初めてで、鳴海は思い切ってここまでやってきて良かったと思った。

（今日の日記、何ページになるだろ～な～）

想像すると頰が緩んでしまう。そうなると、まだまだ藤枝に色々してあげたかった。

「あの、何をしましょうか？」

「は？」

鳴海は真っ直ぐに藤枝を見つめながら聞いてみた。

「さすがに、僕の身体に合う回し車をこの部屋の中には持ち込めないので出来ないんですが、こんなふうに膝に乗ったり、えっと……あとっ、毛繕《けづくろ》いも出来ます！」

そう言って、持ってきた鞄《かばん》の中から櫛《くし》を取り出す。

この時のために、自分が出来そうなことは一生懸命調べてきたつもりだ。鳴海は満面の笑みで立ち上がった。

「動かないで下さいね」

「いや、姫野」

ちょっと待てという否定の言葉は聞かないようにして、鳴海は手にした櫛で丁寧に藤枝の髪を梳《と》き始める。会社ではセットしている髪は、当然ながら家ではサラサラだ。

「師匠の髪って、艶がいいですね～」

思わず口から零れた感嘆の言葉に、藤枝はなぜか訝しそうな表情になる。

「お前、ししょ……」

「こんなとこまで完璧なんてさすがですっ」

しかし、舞い上がった鳴海は今のこの幸せに浸ることしか頭になかった。

（もっといろんなことを師匠にしてあげたいけど……）

ペットショップのバイトの情報では、藤枝の飼っていたハムちゃんは割合に大人しい性格だったらしい。

何時も藤枝に纏《まと》わりついて、手のひらや肩に乗っているのがお気に入りのようだったが、さすがに自分が藤枝の肩の上に乗るのは無理だ。

「あっ」

チラッと部屋の時計を見上げるとそろそろ午後十時半になる。

「確か、十一時前におやつを食べるんですよね？」

「え？　あ、ああ、ハムのことか？」

「僕、ちゃんと用意してきましたから」

藤枝の手を煩《わずら》わせないようにするために準備だけは万全にしてきた鳴海は、持ってきた鞄の中からパックを取り出す。

その中には洗ったイチゴを入れており、ちゃんと練乳も欠かさない。ハムちゃんの場合は多分何も付けなかっただろうが、鳴海はどうしてもこの練乳がないと嫌なのだ。

パカッと蓋《ふた》を開け、たっぷりと練乳をかけると、続いて携帯用のフォークを取り出す。

そして、イチゴを一つ刺すと、そのまま藤枝に差し出した。

「お願いしますっ」

「……」

藤枝はいつも自分の手でハムちゃんにイチゴを食べさせていたらしい。それならば自分も仕方がないと思いつつ、内心では憧れの藤枝に食べさせてもらうこと自体にドキドキとしている。

「……」

期待たっぷりに見つめていると、少しだけ戸惑っていた藤枝もフォークを持って鳴海に食べさせてくれた。甘酸っぱいイチゴと練乳の甘さが口の中に広がり、合わせて藤枝といることに鳴海は大いに幸せを感じる。

(このまま、本当に師匠のハムちゃんになれたらいいのに……)

毎日藤枝の私生活を一番間近で見られて、遊んでもらって、もしかしたら一緒に眠ったりも出来てしまうかもしれない。

一つだけ難を言えば、ハムちゃんになってしまうと藤枝の観察日記が書けないことだが、そうなったら脳内に刻み込めばいい。

(家じゃ、だらしない格好とかもするのかなあ)

鳴海はカッコいい藤枝しか知らないが、そこに人間臭い彼が加わってもバリエーションが増えて楽しいだろう。

うんうんと頷きながら、次々と口の中に運ばれるイチゴをもぐもぐと食べていた鳴海は、いまだ眉間に皺を寄せている藤枝を見つめながら、いい男は悩む姿もカッコいいなと思っていた。

そうこうしているうちに、何時の間にか空になっていたパックが近くのテーブルの上に置かれる。

(あ……全部食べちゃった)

本当は、もう少しいるつもりだった。しかし、初日であることと、初めて面と向かって藤枝と話したことに興奮してしまい、なんだか気持ちがザワザワと落ち着かない。

鳴海はソファから立ち上がると、空のパックを片付け、改めて藤枝に向かって頭を下げた。

「今日はこれで帰ります、おやすみなさい」

「……え？」

まずは、《ハムちゃん二号》の存在を知ってもらうことと、自分が姫野ではなく、その《ハムちゃん二号》であると納得してもらうのが今日の目的だった。まだ多少疑われているだろうが、それでもここまで受け入れてもらえれば満足だ。

それに、今から行かなければならない所もある。藤枝が呆然として後を追ってこられないうちに行動しようと、鳴海はモコモコとしていながら動きやすい着ぐるみのまま藤枝の部屋を出てそのままエレベーターに乗り込んだ。

扉が閉まる瞬間までドアを見ていたが、どうやら後を追ってはこないようだ。

そのことにほっと安堵した鳴海は、そのまま一階上まで行くと、突きあたりの角部屋のインターホンを鳴らす。

たっぷりと三十秒近く待たされてから開かれたドアの向こうには、着ぐるみの鳴海を面白そうに見ながら腕を組む新里が立っていた。

「あ～、あっつ～」

前に付いているファスナーを腹近くまで下げ、鳴海はようやく一息ついたようにリビングの床に座り込む。藤枝の前ではまったく暑さなど気にならなかったのに、彼が目の前にいないと途端に汗が滲んできた。

そんな鳴海の目の前に、上司である新里がやってくる。

「……あの、そんなふうに立たれると……」

(うっとうしいんですけど)

「藤枝の反応はどうだった?」

「よく、わかりません。ちょっとは疑ってたと思いますけど……」

(でも、追い出されなかったし、餌も食べさせてくれたし)

なぜか、藤枝には速攻自分のことがバレてしまった。それでも、夜に着ぐるみを着て突然訪ねた鳴海を追い返すことなく、多少呆然としながらも付き合ってくれた気がする。

あの反応は、多分信じようか信じまいか、気持ちが中間地点なのだろう。ハムちゃんがいなくなってからまだ間もないことを考えると、その反応も納得出来るものだ。

反対に鳴海は、初めて藤枝の部屋を見たということに関しては問題なく感動して、本当なら今ここで観察日記をつけたいところだった。もう一年以上彼を見てきたが、まだまだ知らないことはたくさんあったし、この機会に普段は知りえないことだってたくさん見たいと思った。

もちろん、今日初めて訪ねたのでさすがに勝手に動き回ることは出来なかったが。

「あいつは現実主義者だからな」

どうやって洗面所や風呂場を覗こうかと考えていた鳴海を、藤枝の反応が悪かったせいで落ち込んでいると思ったのか、新里が苦笑しながらそんなことを言いだす。

「地に足が着いていて立派です」

なんだか、藤枝の欠点を見付けたとでも言いたげなその言葉に、鳴海は自分の方がムッとして言い返した。

「もう少し、遊び心があってもいいんだがな」

「あれだけ誠実ならいいじゃないですか！」

まだハムちゃんを失った悲しみの真っただ中にいる藤枝は、きっとあともう少し押せば鳴海がハムちゃんの兄弟だと信じてくれるはずだ。

そう思いながら、鳴海はチラッと新里を盗み見た。


昨日、新里から会社で着ぐるみのことを問い詰められた鳴海が、真実を言おうかどうしようかと悩んだのは一瞬だった。たとえ他の人間に理解されなくても、自分が藤枝を思う気持ちに嘘《うそ》はなく、彼のために行動しようとしていることは今出来る最善のことだと信じていた。

「僕、し……藤枝さんに元気になって欲しいんです」

上司である新里も、最近の藤枝の不調には気がついているはずだ。

「お前と藤枝はそんなに親しくないだろう？　確かにあいつはお前の指導係の一人だが、それでもそこまで思うのはちょっと不思議だな」

そんな疑問を抱かれるのは当然かもしれない。それだけ鳴海は慎重に行動してきたし、藤枝への少々いき過ぎたリスペクトぶりを知られるのも好まなかった。

だが、今は非常事態だ。今回の計画に協力してもらおうとは思っておらず、邪魔だけはしないでもらいたいという強い意思を込めて、鳴海は自分の計画をすべて話した。


「面白そうだな」

馬鹿かと言われるのを覚悟していた鳴海だが、何でもないことのように言い放たれて目を丸くする。

何がそう思わせたのかよくわからないが、新里は含み笑いをしながら続けて言った。

「最近藤枝の調子が悪そうだったのはそのせいか。……ハムスターの兄弟って……くっ、そんなこと考える奴がいるなんて思ってもみなかった」

「課長？」

そして、新里は鳴海の顔を覗き込むように見つめてくる。

「作ってやろうか？」

「は？」

一瞬、何を言われたのかわからなかった鳴海は首を傾げて聞き返した。すると、新里はますます笑みを深める。

「ハムスターの着ぐるみ」

「本当ですかっ？」

どうしても望みの着ぐるみを探せなかった鳴海は、それまで言い淀んでいたことも忘れて新里の言葉に飛びついた。

「ああ。こう見えても私は趣味で手芸をやってるんだ。自分で作った縫いぐるみもネット販売しているぞ」

会社には秘密だと、なぜか胸を張って言う新里に、鳴海は一縷《いちる》の光明を見付けた思いで聞く。

「課長が、ですか？」

まさか、新里がそんな特技を持っているとは知らなかった。いや、課の人間はきっと誰も知らないはずだ。

そして、そんな重大な秘密をどうして自分には打ち明けてくれたのか、自然と顔に疑問が張り付いていたようで、新里は腰かけた椅子の上でゆっくりと足を組みかえながら言葉を続けた。

「お前が私に打ち明けてくれたことは、お前にとっては重大な秘密だったんだろう？　それだったら、私も相応の秘密を教えるのがフェアだと思うんだが……どうだ？」

それはとても断り難い魅力的な提案だった。新里の真意を考えなければならないと思うのに、どうしても自身の欲望の方が先に立つ鳴海の気持ちは、既に決まっていた。

「じゃあ、早速」

鳴海の表情で同意を得たと思ったのか、新里は鷹揚《おうよう》に立ち上がる。そして、おもむろにスーツのポケットからメジャーを取り出した。

「サイズを計らせてもらうぞ」


その翌日、夜に社員寮の新里の部屋を訪ねた鳴海は、完璧に仕上がっていたハムちゃんの着ぐるみに歓声を上げた。

いそいそと着替え、そして藤枝のもとに行って……こうして戻ってきた。

「きっと、藤枝も喜んでいたんじゃないのか？」

「そうでしょうかっ？」

藤枝を元気にさせるという当初の目的は果たせたのだろうかとちょっぴり考えたが、あくまでも第三者である新里がそう言うのならそんなに悪かったわけではないのかもしれない。

「そうですよねっ？　きっと、師匠も喜んでくれましたよねっ？」

思わず椅子から身を乗り出すように言えば、新里は少しだけ目を瞬《まばた》かせながら苦笑した。

「……まあ、ある意味気分転換にはなっただろうな」

「そうなら嬉しいです！」

大切なハムちゃんがいなくなった悲しみを紛らわすことが出来たのなら良かったと、鳴海は途端に上機嫌になり、ニコニコ笑いながら新里を見た。

「この着ぐるみも完璧でした！　着替える場所も提供してもらったし、課長には本当に感謝しています！」

手芸が趣味だという新里の言葉は嘘ではなく、少し広めの部屋の一室には手作りの縫いぐるみが整然と並べられており、デンと真ん中に鎮座していたのは業務用のミシン二つだった。

「気にするな。その代わり、条件として藤枝がどういった反応を示したかちゃんと報告をしろよ。俺も自分がかかわったことで何か問題が起きても困るからな」

「はい！」

それは造作もないことだ。かえって藤枝に対する己《おのれ》のリスペクトぶりを話せる相手が出来て嬉しかった。

飼い方その二　お互いの相性を調べましょう

【まだ気持ちが落ち込んでいるのかと思って心配したけど、どうやら師匠はハムちゃんの兄弟だという僕の言葉に気持ちが浮上したようだった。やっぱり、前もって送ったメールが効いたのかもしれない。

僕のハムスターぶりも完璧だったし！

会社とはまったく違ってたくさん話をすることも出来たし、いつもは温和な師匠の少し怒ったような顔も見ることが出来て貴重だ。いつも師匠は行動することが大事だって言ってるけど、本当にそうなんだなあ。

新里課長に知られたのは計画外だったけど、結局話はいい方向に進んだし、やっぱり僕の師匠に対する尊敬の念が強いからこそ、神様が手助けをしてくれたんだ。

ありがとう、神様！】

鳴海は何時ものように電柱の陰から藤枝を見つめる。

昨日よりもまた顔色は良くなっているようだし、足取りもしっかりしていた。

（だいぶ、調子は戻ってきたのかな）

なんだか、少しだけ眉間に皺が出来ているようにも見えるが、今日の仕事の内容でも考えているのだろうか。

デキる男、藤枝を朝から観察出来て、鳴海は幸せな思いのまま少し後ろから彼の後を追う。

本当はもっと近付いてみたいが、この二十メートルの距離がとても気楽だし、心ゆくまで藤枝を見つめることが出来る。

鳴海はようやく、何時もの日常に戻ったことを喜んでいた。

＊　＊　＊

『ハムちゃん二号です！』

昨夜の姫野のわけのわからない行動にグルグルと思考が絡まって、結局藤枝は久し振りにいなくなったハムのことを考えなかった。

どうして姫野はあんな姿で自分のもとにやってきたのか。

姫野が立ち去ってたっぷりと一分は呆然としていたが、それから直ぐに後を追って部屋を飛び出した藤枝は、エレベーターが上に上がっているのを見てとっさに非常階段を使った。

しかし、一階上の階にはその姿の痕跡も見当たらず、藤枝はただそこに立ちすくむことしか出来なかった。

翌日、昨夜の姫野の行動の意味を問いただしてやろうと思い、会社にやってきた藤枝は姫野の姿を捜す。

「おはようございます、藤枝さん。もう大丈夫ですか？」

直ぐに、女子社員が寄ってきて気遣ってくれたので、藤枝は一応視線を向けてありがとうと笑い掛けた。

「迷惑掛けて悪い」

「そんなことありません！　何でも言って下さいね、サポートしますからっ」

頰を赤くしながらそう言ってくれる彼女にもう一度礼を言うものの、藤枝の内心では今の会話はそれほど重要なものではないと区別している。

こんなふうに、どうしても愛想《あいそ》を良くしてしまうのはもう条件反射のようなものだし、社内では出来る限り人間関係を潤滑にしたいと気も遣っている。

それは姫野に対しても同じだった。一応教育係の一端を担った者として、仕事面だけでなく社会人としてのルールも教えようと思ったが……姫野は驚くほどマイペースだった。

身なりをあまり構わない外見のせいで損をしていることも多々あると思うが、元々人との係わり合いを積極的にとる性格でもないようだ。

一歩引いたところに立ち、無口で、かなり鈍臭い。

藤枝の知っているのはそのくらいで、その姫野像と昨夜の彼はどうしても結びつかない。

第一、あんなに目を合わせたことなんて初めてだった。

「……あっ」

その時、課のドアが開かれるのが視界の端に映った。

「……おはようございます」

俯き加減でそう挨拶をした姫野は、そそくさと自身のデスクへと足を向ける。

あまり目立たないと思っていた彼にも挨拶を返している者はいたが、その相手にも姫野は軽く頭を下げて済ませていた。社会人としてそれはどうなのかと思うが、考えれば今まで姫野のことをそれほど気にしていなかった自分がいる。

今、その姫野を目で追っている自分は姫野をどうしたいのか。

（……とにかく、昨日の理由を聞かないと）

なぜ、姫野はハムの兄弟だと言いだしたのか？

そもそも、公言していないペットのハムスターのことを知っていて、その上、そのハムスターがいなくなったことをなぜ知っているのか？

ハムの兄弟というのは論外だとしても、どう考えても姫野の行動の意味はわからず、想像も出来ないことは相手に聞くしかないと思った藤枝はそのまま姫野のデスクに近付いたが、

「藤枝！」

途中、新里に呼び止められた。

「体調はいいのか？」

「はい」

昨日は一日現場には行かずにずっとデスクワークをし、定時に無理矢理帰宅させられた。そこに、姫野の理由のわからない訪問があったので色々考えて眠れなかったが、それでも身体はそれほど疲れてはいない。

変な話だが、ハムがいなくなってから意気消沈していたところに突拍子もない出来事があって、どんよりと沈んでいた気持ちが強引に浮上させられたような感じだ。

「じゃあ、早速江南《こうなん》商事の現場に行ってくれ。工期が遅れるかもしれないと泣きついてきた。甘えるなとハッパをかけてこい」

「はい。姫野」

今から現場に行くのなら、その車内で姫野とはゆっくり話すことが出来る。そう思って名前を呼んだのに、なぜか課内に姫野の姿はなかった。

「急げよ、藤枝」

新里の声に、一瞬捜しに行こうとした内心を読み当てられたような気がしたが、自分のサポートが姫野だと絶対的に決まっているわけではなく、時間がないのならば他の人間を連れて行くしかない。

「加納《かのう》、いいか？」

入社四年目の加納は、もちろん姫野よりも仕事が出来る。ちょうど今手が空いているのか直ぐに立ち上がった。

「行ってきます」

（……帰ってからにするしかないか）

姫野のことは気になって仕方がないが、それよりも仕事の方が大切だ。昨日何も出来なかったこともあったので、藤枝は直ぐに加納と連れだって出掛けることにした。


結局、今日は一日現場を巡っていて、会社に戻ったのは定時も大幅に過ぎた午後八時過ぎだった。

直帰《ちょっき》するという加納とは地下鉄の駅で別れたが、藤枝が遅くなっても一度会社に戻ってきたのは、もしかしたら姫野がまだ残業しているかもしれないと思ったからだ。

しかし、課内はガランとしていて、新里の姿もない。

溜め息をついた藤枝は、仕方なく家路につくことにした。

その帰路でも、考えるのは今日の仕事のことよりも姫野のことだった。

（明日は絶対に捕まえる）

長引けば長引くほど、気になって仕方がない。明日こそは絶対に理由を聞いてやると決意してマンションに着いた藤枝は、ネクタイを外しながらリビングに向かうと、日課になったように隅に置いたケージに目をやった。

（ハム……）

かしこかったハムは、藤枝が帰ってくるとこちらを向いて待っていてくれていた。それは飼い主の欲目だと言われるかもしれないが、ハムは藤枝が飼い主だときちんとわかっていたし、確かな信頼も向けてくれていたと思う。

どうして、あの日窓を開けたままでいたのか。もう何度思ったかしれないことを再び考えながらソファに座り込んだ藤枝は、ふと、夕べ現れた姫野がちょこんと自分の膝の上に座っていた光景を思い出した。

「……っ」

すると、無意識のうちにプッと噴き出す。本当に、どうしてハムスターになろうなどという思考になったのか考えもつかない。

「話してみたら、案外面白い奴なのかもしれないな」

そういえば、昨日もこのくらいの時間に来たはずだ。意識すると気になってしまい、藤枝は落ち着きなく時計を何度も見てしまう。

その時だった。

ピンポーン。

まるでタイミングを計ったかのように、部屋のドアチャイムが鳴った。

反射的に身体が動き、藤枝は玄関へ向かうと、相手を確認しないままドアを開け放った。

ガンッ。

「いたっ」

その瞬間に手に伝わった鈍い感触と、痛みを訴える声。どうやら相手にドアをぶつけてしまったらしく、藤枝は焦って外に出る。

「大丈夫かっ？」

「〜っ」

「痛むか？」

打ち所が悪かったら病院に連れて行かなければと思いながらもう一度声を掛けると、その物体は焦ったように顔を上げた。

「……姫野」

眉毛の辺りで一直線に前髪を揃えているその顔は、やはり姫野のものだ。

「だ、大丈夫です」

若干、目を潤ませながらもそう言い切った姫野は、立ち上がるとペコッと頭を下げてきた。

「こんばんは」

「おい、姫野」

「姫野じゃありません、僕はハムちゃん二号です」

あくまでも自分をハムスターだと言い張る姫野。どちらにせよ、こんな廊下で言い合いをしていても始まらないので、藤枝は姫野を中に招き入れた。

「奥に入れよ」

「失礼します」

礼儀正しく答えた姫野を後ろに従え、藤枝はリビングに行くとそのまま姫野をソファに座らせた。今日は絶対に逃げられるわけにはいかない。

「姫野、コーヒーでいいか?」

「ハムちゃん二号です。ハムちゃんはコーヒーを飲みません」

「……」

(徹底しているな)

この壁をどう打ち崩そうか考えながら、藤枝は冷蔵庫の中にあった牛乳をカップに入れた。

「うちのハムは飲んでたぞ」

「そうなんですか?」

本当は人間が飲む牛乳など与えてはいけないのだが、嘘も方便だ。コーヒーよりも抵抗がないだろうと差し出せば、姫野は素直に一口飲んだ。

元々小柄だが、こんなふうに着ぐるみを着ているとさらに出ている顔の部分が小顔に見えて、なんだか撫でたくなる可愛さを感じる。

元々、藤枝は大の動物好きだ。実家では犬と猫を飼っているが、社員寮ではさすがにそういったペットを飼えないので、しばらくは熱帯魚などを飼っていたのだが、ある日餌を買いに行ったペットショップでハムと出会い、一目惚れをしたのが一年ほど前だった。

これまでにない、小動物の可愛らしさにすっかりメロメロになった藤枝は、多分かなりの親馬鹿ならぬハムスター馬鹿だったかもしれない。

そこまで考えた藤枝は、改めて姫野を見た。

＊　＊　＊

リビングのソファに座っていた鳴海は、チラチラと隣に座る藤枝を見る。

昨日は毛繕いと餌やりを試してみたが、今日はもっと別のことを考えていた。

「ん？　どうした？」

鳴海の視線を感じたのか、藤枝が問い掛けてくる。その声は怒っているわけでもなく、訝しげでもなく、やっぱりどこか優しいと感じた。

（ハムちゃんに対しては、やっぱりそうだったんだろうな）

今日は甘嚙みをするつもりだ。藤枝に早く自分のことをハムちゃんの兄弟だと完璧に信じてもらうために、ハムスターの習性を徹底的に真似ようと決めたのだ。

(首、は、ちょっとハードル高そうだし)

首を噛むというのはやっぱり痛そうだと、鳴海は思い付いた藤枝の左手を掴むと、カリ。

口の中に含み、軽く歯を立てた。

どの程度の強さがいいのか、一応自分の指でシミュレーションしてきたが、繊細な指先をしている藤枝と自分の痛覚が一緒とは思えない。

(きれーな指、だもんなあ)

図面をひく藤枝の指先はとても綺麗で、何時まで眺めていても飽きないくらいだ。

観察日記にも、いかに仕事中の藤枝がカッコいいか、その指先が魔法を掛けられたかのように軽やかに動くのか、かなり事細かく描写していた。

「ひめ、の?」

「……」

(痛いのかな?)

僅かに掠れた声で名前を呼ばれ、鳴海はチラッと上目遣いに藤枝を見る。

その藤枝は驚いたように目を見開いていたが、鳴海と視線が合うと今度は眉間に皺を寄せてしまった。

やはり、強く噛みすぎたのかもしれない。そう思い、鳴海は謝罪の思いを込めて口の中で指先を舐めた。

「……姫野」

「ふぁふぁふぇふぁ？」

指を銜《くわ》えたままなので、何ですかという返事もくぐもったものになる。聞きとれたかなとじっと藤枝を見上げていた鳴海は、突然その視界を覆われてしまった。

「ちょっと……タンマ」

「？」

（タンマ？）

いったい何事かと思ったが、鳴海は大人しく待つ。その間も、口の中の指をカシカシと甘噛みし続けたっ
（指以外に噛むとこあるかな。首はやっぱり痛そうだし、他の所は服で隠れてるから……）

まさか、噛みたいから服を脱いで下さいとは言えない。いや、きっと眩《まばゆ》いほど素晴らしいに違いない藤枝の身体を直視することは絶対に無理だ。

（それだったら写真に撮って、間接的に鑑賞したい！）

却下されるだろうが、一度お願いしてみようかなどと思考がまったく別方向に行きかけた鳴海は、パッと視界が開けたと同時に両肩を掴まれてグイッと引き離される。

「……え？」

目の前にある藤枝の顔は怒ってはいなかったが、鳴海から視線を逸らしてこちらを見てくれようとしなかった。

「あの、痛かったですか？」

やっぱり、嚙むより先に舐めた方が良かったのかと思った鳴海は、そのままもう一度藤枝の手を取ろうと視線を落とす。短い間だが自分の口の中に含んでいた指は唾液《だえき》に濡れ、少しだけ赤くなっているようだ。

「今度は優しくしますから」

歯で嚙むのではなく、唇で挟み、扱《しご》くように刺激すれば痛みはないだろう。

しかし、藤枝は手を口に持っていこうとした瞬間にちょっと待てと鳴海の肩を摑んだまま、接近するのを許してくれない。

「？」

「お前、いきなり……」

どうやら、前置きもなくいきなりしたことに藤枝は驚いたようだ。

ハムスターの特徴であるそれをすれば藤枝も絶対に喜んでくれると思い込んでしたことだが、小さなハムスターならばともかく、自分のような大きさのものにいきなり指を嚙まれるのは驚きの方が大きかったのかもしれない。

「ごめんなさい、今度からちゃんと先に言います」

ちゃんと、先に指を甘嚙みしますと断ってからすれば藤枝も驚くことはない。

ようやく彼の態度の急変に納得がいった鳴海は、ソファの上で正座をしようとしたが……さすがに着ぐるみのままでは無理だった。

それでも誠意を見せるためにソファから下り、何とか足を曲げて座ろうとして、そのままバタッと顔面から突っ伏してしまう。

「ブッ」

「おいっ」

直ぐに藤枝が抱き起こしてくれたが、けして高くない鼻が痛い。

「大丈夫か？」

コクコクと頷いた鳴海が手で鼻を押さえようとしたが、その前に藤枝が目線が合うように腰を持ち、身体を持ち上げてきた。

さっきまでは目を合わせないようにしていたのに、今は何かを観察するような真っ直ぐな眼差しを向けてくる。それが嬉しくて、鳴海は顔を綻《ほころ》ばせた。

「……怪我はないようだな」

「はい！」

元々ラグの上に突っ伏したので怪我をすることもない。それでも心配してもらったことに、鳴海はへへっと照れて笑ってしまった。

(やっぱり、師匠は優しい〜)

こんなに優しい藤枝だからこそ、ペットのハムちゃんがいなくなってあれほど落ち込んでいたのだ。

ハムちゃんがいなくなって一ヶ月あまり。いまだ悲しみに沈んでいる藤枝を何とか慰めたいと、鳴海はさらに自分がペットのハムスターになりきるように努力しようと誓った。

幸い、藤枝がペットショップで話していたハムちゃんとの生活は聞き出していたし、それでなくても日々藤枝のことを観察していた鳴海には彼の気持ちの機微がわかる。

(……あ)

ふと視線を移したケージの直ぐ側には、まだ捨てきれなかったのだろう、餌の袋が置いてあった。まだ中身がたっぷりのそれを見て、鳴海はとっさに手を伸ばす。

「餌、いただきます!」

(ハムスターの餌を食べたって、死ぬわけじゃないし)

案外、ハムスターになりきっている今の自分にとっては美味《おい》しい食べ物かもしれない。

前と変わらないじゃないかと笑ってくれたら……そんな思いで袋の中に手を入れようとすると、それまで唖然とこちらを見ていた藤枝が急に腕を掴んできた。

「おいっ」

「え？」

「お前がハムの餌を食べることなんてないだろっ。馬鹿なことをするんじゃないっ」

「だって、僕はハムちゃんの兄弟ですよ？」

淀むことなく答えると、藤枝は虚《きょ》をつかれたかのように目を見張る。しかし、直ぐに掴まれた手にはさらなる力が込められてしまった。

「……うちのハムは野菜や果物も食べてたんだ。無理にこの餌を食べることはない」

「あ……そうでしたね」

改めてそう言われ、鳴海は藤枝に笑い掛けながら餌の袋から手を離した。

「……パスタ、食うか？」

「パスタッ？」

「せっかく、人間の姿になったんだ。今までは食べられなかったものだって食えるだろう」

用意してやると立ち上がった藤枝の後ろ姿に、鳴海は天使の羽が見えたような気がした。

濃紺のエプロンをした藤枝が目の前に座っている。

それだけでも鳴海的には眼福《がんぷく》だったが、さらには今自分が食べているものが藤枝の手作りだと思うと幸せすぎて眩暈《めまい》がしそうだった。

「どうだ？」

「美味しいです！」

お世辞でも何でもなく、目の前の和風パスタは本当に美味しかった。出来ればタッパーに入れて自宅に持ち帰り、冷凍保存をして何日にも分けて食べたいくらいだ。

パスタを茹で、ストックしてあるらしい具材と混ぜ合わせるだけの料理は十分も掛からなかった。

藤枝が器用なことはもちろん知っていたが、こんなふうに簡単とはいえ素早く料理を作る姿はまさにデキる男で、後ろから見つめることが出来るだけでもラッキーだと思ったのに、こんなに幸せでもいいのだろうか。

（こんな機会でもなくっちゃ、絶対に食べることなんて出来なかったよ。ハムちゃん、ありがとう！）

着ぐるみのせいで滑りそうになるフォークをギュウッと握り締めた鳴海は、目の前でコーヒーを飲んでいる藤枝に視線を向けた。自分だけがこうして食事をするのは申し訳ないと思ったのだが、もう夕食を済ませたからと藤枝の前には料理はない。

それでも、こうして同じテーブルにつく彼の優しさに頬が緩んだ。

「あの、ミルク入れないんですか？」

「ん？」

「だって、コーヒーは甘い方が好きなんですよね？」

会社でも、現場でも、藤枝は常にミルクと砂糖がたっぷりのコーヒーを飲んでいた。特に甘いものが好きだという様子はなかったので、多分それはコーヒー限定のはずだ。

「よく知っているな」

当たり前だ。一年以上張り付いて見ていたのだからと内心胸を張る。

それからしばらく、鳴海はパスタを味わうことに専念した。その間も藤枝は黙って視線を寄越していたが、やがてハァと大きな溜め息をつきながら言ってきた。

「……あのメール、お前だったんだな」

訊ねるというよりも、断定する言い方だ。勘の良い藤枝に悟られるのは覚悟していたし、どこかでは気づいてもらって嬉しいという気持ちもある。

「僕、メールなんて送ってません。それって、多分ハムちゃんが送ったんじゃないですか？」

「ハムが？」

「師匠に元気になって欲しいって、ハムちゃんがメールをくれたんですよ」

ハムちゃんが自分の意思を伝えることが出来たなら、きっと藤枝に対する感謝の気持ちを言ったと思う。自分が送ったメールは、代筆のようなものなのだ。

鳴海が言い切ると、藤枝はじっと何かを確かめるような視線を向けてくる。普段なら目を逸らしたくなるほどに恥ずかしいが、ハムちゃんになっている今は視線を向けてくれることが心地好かった。

「……姫野じゃないって、言ったよな」

やがてそう呟くように言った藤枝に、鳴海はパスタを口に含んだまま、そうだと頷き返す。

「……でも、ハム二号っていうのは……。ハムはあくまでもあいつだけの名前だし」

多分、それはハムちゃんを可愛がっていた藤枝の本心かもしれない。

可愛がっていたペットに身代わりはないと思ってしまうのは仕方がない。それには納得出来る鳴海は、口の中のものをすべて飲み込んでから何でもいいですと告げた。

「呼びやすい名前、付けて下さい」

気持ちはハムちゃん二号のつもりでも、新たに名前を付けてもらえればなんだかもっと藤枝に近付いた気がする。

ただ、見た目でも、性格でも、パッとあだ名を思い付くような人間だったら良かったが、自分はどちらかというと地味で目立たない。こうなったら、ポチでもタマでも構わないと思い、さらには藤枝がどんな名前を自分に付けてくれるのかを期待した。

「……ヒメ」

その時、ポツンと藤枝が漏らした。

「ヒメでいいな？」

「あ、でも、僕一応男……あ、オス、ですけど」

「嫌なら、姫野って呼ぶぞ」

姫野だから、《ヒメ》。

出来れば鳴海という下の名前から取って欲しいと思うのは贅沢《ぜいたく》というものだろう。藤枝が自分の名前まで覚えてくれているはずがないからだ。

「どうする？」

半ば決めつけているような言い方をするくせに、こんなふうにわざわざ聞いてくれるところが藤枝の優しさだ。少しだけ自信なさげな表情を妙に可愛く感じてしまい、鳴海は満面の笑みで直ぐにお願いしますと答えた。

「すっごくいい名前です！」

鳴海のことを考えてくれた素敵な名前だと褒めると、藤枝は照れ臭そうに笑みを浮かべる。

（なんだか、すっごくいい雰囲気じゃない？）

この部屋を訪ねるのは今日でまだ二回目だったが、既に自分という存在が馴染んだような気がしていた。これも、きっと自分が完璧にハムスターになりきっているからに違いない。

着ぐるみを用意してくれた新里には本当に感謝しなければと思っていると、残さず食べろと食事を勧められた。シャイな藤枝らしい誤魔化し方だなと思いながら食事を進め、せめて食べたものくらいは片付けたいと皿を持ち上げる。

片付けくらいは自分がしたかったが、この着ぐるみを濡らすわけにはいかない。そんな鳴海の気持ちを知ってか知らずか、パッと皿を下げた藤枝は自分でそれを洗った。

「す、すみません」

「いいよ、これくらい」

「……」

（早速課長に改善を頼まないと！）

指先が出るか、もしくは手首ごと人間の手にしてしまうか、どちらにせよこのままでは細かな作業が出来ない。

せっかくこうして藤枝の部屋に上げてもらい、食事をご馳走してもらったのだ、せめて自分が出来ることはしたかった。

立ったまま、テキパキと後片付けをしている藤枝をただ見つめることしか出来なかった鳴海は、ふと部屋の時計を見る。もう、十一時半を過ぎていた。明日のことを考えると、そろそろ帰った方がいい。

「あの、僕、そろそろ帰ります」

「どこに帰る気だ？」

「へ？」

「お前はハムの兄弟なんだろう？　ハムの代わりに来たんだったら、ここに住むのが普通じゃないのか？」

「あ……ぅ」

あまりにも的を射た指摘に、鳴海は声と共に身体も固まってしまう。

だがもちろん、鳴海はここで生活するわけにはいかなかった。藤枝の前では観察日記が書けない。

「ヒメ」

藤枝が名前を呼んだ。鳴海に対してではなく、あくまでもペットの名前としてだが、藤枝が自分のことを見てくれたみたいで胸がドキドキした。

（いいなあ、師匠にヒメって呼ばれるのも……って、うっとりしている場合じゃないっ）

実家暮らしの鳴海は、ここからスクーターで三十分ほどかけて帰らなければならないのだ。

（父さん、絶対に起きてるよ……）

父、十八歳、母、十七歳の時に鳴海を生んだ両親は、いわゆるヤンキーカップルだった。

しかし、半分勢いで結婚したようなカップルは三年で破局を迎え、まだまだ青春を謳歌したい母と違い、子供が生まれた途端に猛烈な父性に目覚めた父は、争うことなくあっさりと鳴海を引き取ってくれた。

それ以降、建築現場で働く父は男手一つで鳴海を育て上げてくれた。鳴海がこの建設会社に入社したのも、よく現場に連れて行ってくれた父がカッコ良く見えて仕方がなかったからだ。

その会社で師匠と崇める藤枝に出会えたことは本当に運命で、鳴海は心の底から父に感謝している。

四十二歳、まだまだ男盛りの父の恋愛事情はまったく知らないが、どうも父の愛情は鳴海にだけ向けられているらしく、その親馬鹿ぶりは鳴海が社会人になった現在も進行形で、帰宅するまで必ず起きて待ってくれている。

「え、えと……あっ、僕、十二時になっちゃうと人間の形が取れないので！」

「……シンデレラか、お前は」

「そーいうことです！」

少々強引だが、もうこれは言い切るしかない。

鳴海はそそくさと玄関に向かい、玄関先で振り向くと、後ろから付いてきた藤枝にペコッと頭を下げた。

「今日はこれで失礼します」

「おいっ」

「おやすみなさいっ」

引き止められる前に、鳴海は玄関を開けた。

インターホンを鳴らし、何時ものようにたっぷり三十秒は待たされてからドアが開かれた。

「こんばんは」

「ご苦労さん」

どうして直ぐにドアを開けてくれないのかと思う。この季節、やっぱり着ぐるみは暑い。それでも、待つ間にもたっぷりと藤枝との時間の余韻を楽しめるので文句を言うこともない。第一、この着ぐるみを作ってくれたのも、着替える場所を提供してくれているのも新里なので、鳴海はちゃんと頭を下げてまずは礼を言った。

「いつもありがとうございます」

「今日はどうだった？」

新里は笑いながら奥へと向かう。鳴海もその後ろに付いて行きながら、早速今日の報告を始めた。

「食事を作ってもらいました！　あとっ、名前も付けてもらいましたし！　やっぱり、ハムちゃんの名前はハムちゃんだけのようです。二番目に来たペットに同じ名前を付けられないって言う師匠……可愛かったぁ……」

「……まあ、理由はどうあれ、一応は受け入れてもらったってことか」

本当は《ナルナル》という名前なんて可愛いんじゃないかとも思うが、あの藤枝が付けてくれたのだからもちろん不満などない。

それからも鳴海は今日の出来事を事細かに話して聞かせる。多分それは、頭の中でビデオを撮っていたかのように正確なもののはずだ。

その大部分は藤枝への賛美になってしまうが、どうしても気持ちがそちらに偏《かたよ》ってしまうので仕方がないと割り切る。

そして、新里はそれらを興味深い表情で最後まで聞いてくれた。

「あの藤枝が、ねえ」

そして、何かわかったふうなことを言ってほくそ笑むが、鳴海にはその意味はまったくわからなかった。

「そう言えば、姫野、お前藤枝のことを師匠って呼んでいるのか?」

「……あ」

嬉々として藤枝のことを話していた鳴海は唐突に口を閉ざした。今の今までまったく気がつかなかったが、どうやら自分は頭の中の妄想通りに藤枝を呼んでいたらしい。

(も、もしかして、師匠の前でも……?)

慌てて思い返してみるものの、藤枝の前では何時も舞い上がっているので自分が何を言ったのかは正直覚えていなかった。

「飼い主に師匠はおかしいだろう。そうだな、やっぱり……ご主人様、かな」

「ご主人様……それも、いい響きです」

尊敬に値《あたい》する相手にはどんな敬称だって付けてもいい。いや、むしろ《様》という言葉は藤枝にピッタリなような気がする。

「じゃあっ、早速次からはそう呼ぶことにします！」

「ああ、きっと喜ぶぞ」

新里も後押しをしてくれ、次回藤枝の所を訪れるのがとても楽しみになってきた。

「あっ！」

そんなことを話している間にもドンドン時間は進んでいたようで、気がつけば午前〇時を過ぎている。

早く家に帰らなければ、父に理由を聞かれてしまう。いや、多分もう遅いが、少しでも早く帰った方がいい。

「じゃあ、あの、帰りますっ、おやすみなさい」

「ああ、おやすみ」

あっさりと解放してくれたはいいものの、鳴海はスクーターに乗ってしばらくしてから、新里に着ぐるみの改良を頼むのを忘れていたことに気づいた。

飼い方その三　よく観察をしてみましょう

【師匠の口から、ヒメと呼ばれるだけで胸がドキドキする。心臓病じゃないから、きっとこれは師匠レベルが上がったせいだ。

師匠レベルというのは僕が作った言葉だけど、師匠のことを一つでも多く知るたびに、僕のレベルが上がっていくんだ。

昨夜は、やっぱり父さんから遅くなった理由を聞かれてしまった。

父さんに嘘をつくつもりはなかったし、なにより師匠の素晴らしさを大好きな父さんにも知ってもらいたくて、それから三時間かけて説明をした。

どうやら僕の思いをわかってくれたらしい父さんはとりあえず寝なさいと気遣ってくれたけど、結局二時間も眠れなかった。

僕も社員寮に入ったらこんなに早起きをしなくても済むんだけど、父さんと離れちゃうのは寂しいし、あんまり近くにいると観察の妨げになっちゃうし。

それに、こうして早朝の空いている地下鉄に乗っている間は師匠の観察日記も書けるんだからちょうどいいかも。

今日は師匠と一緒に現場に行く予定。

カッコよく業者さんに指示を出す師匠をじっくり堪能しよう。

あっ、忘れないように一言。課長に、着ぐるみの問題点を伝えること。あの手ではやっぱり物が掴みづらい】

「おはよう、姫野」

「お、おはよう、ございます」

何時ものように会社の手前で時間を潰し、藤枝と時間差で出社した鳴海は、いきなり藤枝から挨拶をされてビクッと肩を震わせてしまった。

今日は藤枝と現場へ向かう予定になっていたので、その前に新里に着ぐるみの話をしようとだけ考えていたせいか、藤枝を避けることを一瞬忘れてしまったのだ。

「……」

「……」

（し、師匠、視線が……っ）

十五センチ以上も上から降り注ぐ藤枝の視線は眩しすぎる。鳴海は内心じたばたとしながら、それでも表面上は何時ものように無表情を通した。

すると、頭上で溜め息の音が聞こえたかと思うと、ポンと頭を軽く叩かれる。

「今日はお台場《だいば》の現場だ、書類、忘れるなよ」

「へ？」

「わかったな？」

「あ、はいっ」

どうやら、何時も何かしら失敗する鳴海のことを思って声を掛けてくれたようだ。

誰に対してもまんべんなく向けられる藤枝の優しさに内心感動しつつ、鳴海はしっかりと頷いた。

＊　＊　＊

ガラガラガラッ
「うわぅっ？」

建設中の、まだコンクリート剝き出しのビルの中に、鉄パイプが転がる大きな音がする。

電気工事の業者と打ち合わせをしていた藤枝はパッと振り返った。

五メートル後ろでは、案の定姫野が床に尻もちをついた形で転んでいる。足元には多分踏んでしまったのだろう鉄パイプが一本あった。

「大丈……」

それらを目にした瞬間、慌てたように駆け寄ろうとした業者よりも先に藤枝は足を踏み出していた。

「姫野、怪我はないか？」

その場にしゃがみ込んで姫野の顔を覗き込むと、男にしては大きな目が少し潤みを帯びてこちらを見上げてくる。

（……でっかい、目）

なんだか、本当にハムみたいだ。

「す、すみません」

しかし、直ぐに視線は逸らされ、姫野は小さな声で謝罪してきた。確かに毎回注意が足りないものの、今日は怪我がなくて良かったと素直に思えた。

（……俺って、調子がいいのか？）

姫野がハムの兄弟などと言って現れなかったら、もしかしたらこんなふうに彼のことを心配しなかったかもしれない。自分にとって意味のある存在になったからこそ気持ちの持ちようも変わったとしたら、姫野に対して本当は失礼だろう。

「藤枝さん」

「あ……すみません」

業者に名前を呼ばれた藤枝はそちらを振り向き、姫野も慌てて立ち上がるとズボンに付いた埃を払っている。

ヘルメットが少しずれてますます子供っぽい雰囲気になったのを目の端に捉え、藤枝は口元に笑みを浮かべた。

「じゃあ、続きをいいですか」

「レストルームの配線なんですが……」

中断した打ち合わせを終えると、そろそろ昼の時間だ。

午後にもう一件現場に向かう予定になっていたので会社に戻るつもりはなく、ビルを出た藤枝は姫野に言った。

「飯に行くか」

「……え？　でも……」

姫野が戸惑うのも無理はない。今まで一緒に現場に向かっても、食事を共にすることはなかったからだ。

コンビを組むようになってしばらくは藤枝の方から誘いの言葉を掛けていたが、一緒に食事をする姫野はあまりにも居心地が悪そうで、自然に別行動をとるようになっていた。藤枝は店に食べに行き、姫野は持参したらしい弁当を車内で食べていた。

最後に誘ってからかなりの時間が経っていたが、今の藤枝はもう一度積極的に姫野と係わり合いを持ちたいと思い始めている。

そんな藤枝の気持ちに対し姫野はどこか逃げ腰だったが、そんな様子には一切目を瞑《つぶ》って半ば強引に車で馴染みのラーメン屋に連れて行った。

現場近くの店でも良かったが、少しでもヒメの、いや、姫野の喜ぶ顔が見たいと思い、車を飛ばして都心に戻ると、昼休みを少し外れた時間になったので待つことなく店の中に入れた。

フーフーと熱いラーメンに息を吹きかけている姫野は、猫舌なのか藤枝の食べるペースのようやく三分の一ほどだ。

「ここ、結構美味いって評判なんだぞ」

「そ、ですか」

相変わらず姫野の返答は随分短いものの、以前なら面白くないと思っていた気持ちが面白い生き物を見るものに変化していた。

何時も物陰に隠れてこちらを見ている様や、小さな身体でちょこまか動く様子は本当にハムスターのようだ。

少々個性的な髪形も、姫野の性格には合っているかもしれない。

(本当に面白い奴)

仕事も一生懸命にしてはいるが、よく空回りをしてしまって、結局失敗を重ねていく。

これは本人の問題はもちろんだったが、教育すべきだった自分の責任かもしれない。

そんなふうに藤枝の気持ちはかなり変わってきていたが、姫野の方はどうだろうか？

ハムを装っている時はあれだけ真っ直ぐな視線を向けて、キラキラとした、こちらが気恥ずかしくなるような目をしているのに、どうして後輩の姫野の時はこうなのか。

(何か、意味があるんだろうか……?)

素の姫野が、真っ直ぐに自分に向き合わない理由。

藤枝はそれが知りたくてたまらなくなっていた。


「こんばんは！　ヒメです！」

今夜も、姫野は部屋のインターホンを鳴らしてそう叫んだ。

藤枝としてはいったいどういった方法でこの建物の中に入ってきているのか気になるものの、姫野も同じ会社の社員なので社員寮に友人くらいいるのかもしれない。

良く言えば地味、悪く言えば暗くも見える姫野が課内の誰かと親しく話している様子なんて課長の新里くらいしか思い当たらないが、まさかあの現実主義、仕事の鬼の新里がこんな馬鹿馬鹿しいことに加担するとは考えられなかった。

ドアを開くと、そこにはハム仕様の着ぐるみを着た姫野が立っている。

結局考えはまとまらないまま、藤枝は今日も姫野を部屋の中に招き入れた。

「今日は、ちゃんと遊びましょうねっ」

時刻は午後九時。

また腹を空かせていてはと思い、夜食用にサンドイッチを作ってある。それに、美味しそうにイチゴを食べていた顔を思い浮かべて、帰りにスーパーに寄ってイチゴを買ってしまった。

まだ、二回しか訪れていない姫野だが、強烈なインパクトを与えられたせいか随分と違和感なく受け入れている自分がいる。

なんだか、正義のヒーローを信じていた素直で単純な小学生の頃に戻った気分だ。

「トランプを持ってきたんです、一緒にやりませんか？」

「トランプって、その手で出来るのか？」

「大丈夫です！」

断言した姫野が見せてくれたのは、人差し指だけが引っ掛けられるようになった着ぐるみの手だった。確かにこれなら、上から見れば着ぐるみ、だが、その下では本人の指で何でも摑めるだろう。

（たった一日で変えてきたのか）

まさかどこかの店に改良を頼むとは考えられず、だとしたら姫野自身の手で直したということになる。普段の行動がかなり危なかしいだけに、案外器用なんだなと感心した。

「ババ抜きでいいですか？」

「ああ」

リビングのローテーブルを挟んで向かい合っている、自分と、着ぐるみ。なかなかシュールな図だが、あまりにもそれが度を過ぎると笑えてしまう。

「負けた方は罰があるようにしましょうね」

その方が燃えますからという言葉には賛成で、早速藤枝はカードを配った。

二人きりのババ抜きはどちらがジョーカーを持っているのか丸わかりだが、これが案外面白い。

(……悩んでる)

自分がジョーカーを引いた時には、姫野は眉を下げ、口をへの字に曲げてしまい、藤枝にそれが渡ると一転、頬を緩めて鼻歌でも歌いそうなほどに上機嫌になる。

指がカードに触れるだけでもその変化は顕著で、表情豊かな姫野の顔を見ているだけで楽しい藤枝はわざとジョーカーを残して勝負を進めていった。

初めは自分がジョーカーを持っていないことに上機嫌だった姫野も、カードの数が少なくなるに従ってこれが藤枝のための勝負だと気づいたようだ。

接待というのとは違うかもしれないが、負けるのは自分ではないかと思ったらしく、カードの隙間からチラチラと視線を向けてくる。

「あ、あの」

「ん?」

「あ……いえ」

まさか、ジョーカーをくれとは言いづらいのか、それからの姫野はカードを合わせるというよりもジョーカーを引くということに照準を合わせたらしい。

先程までよりもさらに真剣に、じっくりとカードを選ぶ姫野をじっと観察していた藤枝は、自分が持っていたジョーカーを少しだけずらしてやる。

それに気づいたのかどうか、多分本当に偶然だろうがそれを引いた姫野は、

「やった!」

思わず声を上げた。

「どうしたんだ?」

「あ、いいえ、つ、次はご主人様の番です!」

「……」

(ご主人様?)

姫野の自分に対する呼び方の変化に疑問を残しつつ、藤枝は次に自分がカードを引こうとしたが、それはなぜか強い力で止められた。

「……」

「……」

これがジョーカーだと、とっさに見当がついた。しかし、口を引き結んで真剣な顔をしている姫野の顔を見ているとそれを指摘するのも可哀想な気がする。

それでも、少しだけからかいたくもなって、藤枝はそのカードから指を離さないまま聞いた。

「何？」

「な、何でもありません」

「ふ〜ん」

強引にでもこのカードを引くか、それとも別のものにするか。

悩んだのは一瞬で、どうしても離したくないといった感じに引き止められているカードから指を離した藤枝はその隣のカードを引いた。

途端にホッと表情を緩める姫野を見て、慌てて横を向くと笑いをかみ殺す。

それからは、何度か姫野の妨害があり、それらのカードを避けて引いた結果、ババ抜きは当然のように藤枝が勝った。

「おめでとうございます！　やっぱりご主人様は強いですねっ」

大袈裟《おおげさ》に喜んでくれた姫野はカードをしまうと、ソファの横に立つ。

「罰、何にしますか？」

「罰ねえ」

「肩揉み？　足も揉みましょうか？　あ、それとも部屋の掃除とか……って、綺麗ですよね。じゃあ……」

「ちょっと待て。罰は俺が決めてもいいんだよな？」

これは、いい機会かもしれない。今まで何度聞いてもはぐらかされたことを訊ねればいい。そう思うのに、いざとなると自分の次の言葉で姫野が傷付いてしまったらなどと思ってしまう。

今回のことは、その方法がどんなに突拍子のないものであっても、とても悪意があるようには思えないし、かえって姫野の自分に対する無条件の好意を感じるのだ。

まさか、ハムの兄弟だと言う姫野の一生懸命な言動に絆《ほだ》されてしまったのか。

(俺はこの時間が続いたらいいって……思っているのかもしれない)

仕事は充実していて、対人関係も悪くなく、友人も多い方だと思う。

ただし、可愛いペットのハムがいなくなって、心の中に小さな、本当に小さな隙間があいてしまい、毎日何かが物足りなくて――。

「……前転」

その何かを、もしかしたら目の前にいる奇想天外な考えの持ち主である姫野なら埋めてくれるかもしれないと、どこかで期待しているのかもしれない。

「はあ?」

「ハムは転がるのが好きだった。俺が軽く頭を押しただけでコロンと転がってたんだ。それ、今してくれないか」

「ぜ、前転……わかりましたっ」

藤枝の言葉に両手を握り締めてそう答えた姫野は、リビングの端に向かうと何度も両手を上げたり身体を曲げたりしてシミュレーションをしている。

その様は、着ぐるみが踊りを踊っているようで面白い。

「いきます！」

ひとしきり自分が納得するまで身体を動かしていた姫野が、一声上げて勢いよく前転をする。

ガンッ
「いた！」

「姫野っ！」

だが、あまりにも勢いが付いた前転は方向を狂わせてしまったようで、振り上げた足が勢いよくローテーブルの端に当たってしまった。普段から鈍そうだなとは思っていたが、着ぐるみというハンディはかなり大きかったようだ。

「おい、大丈夫か？」

自分が言いだしたことで怪我などされては大変だ。

いくら着ぐるみを着ていたとはいえ、かなりの衝撃を受けたのだろう、足を押さえて蹲《うずくま》る姫野に駆け寄り、藤枝は胸元にあるファスナーを下げようとした。全身が繋がっている着ぐるみは、脱がさなければ足の様子がわからないからだ。

「ス、ストップ、ストップッ！」

しかし、姫野はすぐに藤枝の手から逃れるようにゴロゴロとキッチンにまで転がり、立ち上がった。

「……っ」

その瞬間、痛そうに顔を歪めたが、今度は痛いと声を漏らさない。

「きょ、今日はこれで失礼しますっ」

「おいっ」

「だ、大丈夫、動物は自然治癒力があるんで！」

とっさに思い付いたにしては気の利いた言葉を残し、姫野はバタバタと持ってきたものを手にして玄関へと急いで向かう。

このまま帰すわけにはいかないと後を追った藤枝は、唐突に立ち止まって振り向いた姫野に合わせて足を止めた。

「あの、明日と明後日は来られません」

「え？」

土日は来られないと、眉を下げて言われる。

「……どうして？」

「とう……えーっと、巣！　巣作りが忙しいんです！」

「はあ？」

さすがにどういうことかと思ったものの、姫野はその言葉ですべてを説明し終えたかのように途端にすっきりとした表情になって頭を下げた。

「じゃあっ、月曜日に！」

「あ……」

またしても、姫野は送っていくという言葉を言わせなかった。こういうところだけ俊敏だというのも彼らしい。

追い掛けようと思ったものの、今はそうしない方がいいかもしれないという気持ちの方が大きかった。もしも、姫野の秘密の一端を覗いてしまえば、これきり姫野はここに来ないような気がしたからだ。

姫野のしていることは、常識から考えておかしい。それでも、今の藤枝は姫野の存在に依存し始めていた。

（土日は巣作り、か）

恋人がいるようには見えないが、姫野も誰か特別な相手と過ごすのだろうか。

平日の夜の数時間、自分のもとに来ることだけでも姫野にとってはかなりボランティア精神溢れる行動なのだろう。

同情という言葉が頭の中に浮かび、藤枝は口元を歪めた。

「……」

大きな溜め息をついて、ドアの鍵を閉めようとしたが、ふと気づいて手を止める。

「あれ……どこで着替えてるんだ？」

まさかあの格好で電車に乗るなどとはとても考え難い。そもそも、今は終電には間に合わない時間だ。

だとしたらタクシーとも考えられるが、姫野の年齢で毎夜タクシーを使うというのも痛い出費だろう。

「……」

このマンションのどこかであの着ぐるみを着替え、自宅に帰っていくと考えた方が自然だ。

（ここで着替えていけばいいのに……）

それでも、自身がハムの兄弟だと言っている姫野は、《着替える》という言葉に絶対に頷かないだろうと思った。


藤枝にとって、奇妙に充実した日々が続いていた。

相変わらずハムの兄弟だと言ってやってくる姫野と過ごす数時間は、今や藤枝にとっては貴重な癒しの時間になっている。

着ぐるみという見た目のインパクトはさておき、家に来た時の姫野はちょこまかと忙《せわ》しなく動き回り、藤枝とコミュニケーションをとるように常に側にいようとしていた。

言動も、普段の地味で、言葉数が少ない様子とは一変、妙に生き生きと話し掛けてくる姿が笑みを誘った。

しかし、そんなふうに夜にマンションで共に過ごす時間が長くなってくると、昼間の姫野の態度が気になるようになった。姫野と夜過ごすようになり、彼と一緒にいる時間が楽しくなった藤枝は、昼の彼とももっと親密になりたいと思ったが、昼間の姫野は容易に近付いてくれない。

社内にいる時だけでなく、一緒に現場に行った時も逃げ回られてなかなか話も出来なかった。いくら公私は分けることが大事だとしても、その態度には大きな差がありすぎた。

今日も、何とか昼前に姫野を摑まえて午後に掛かってしまう仕事を与え、昼食の時間になると半ば強引に社員食堂に引っ張って行った。

「……」

自分の後ろを、小さな身体をますます小さくするようにして付いてきた姫野は、外見のイメージに合わない焼き魚定食を注文する。

藤枝の部屋で食べさせる夜食は洋食が多く、一々喜んでくれていたのでこれには意外な気がした。

「魚が好きなのか？」

「とうさ……父が、好きなので」

「親父《おやじ》さんが、か」

初めて、姫野の口から家族の話を聞いた。たったそれだけで嬉しくなる自分がなんだか変な気がする。

「……」

(箸《はし》の使い方は綺麗だ)

よく作ってやる夜食のパスタを食べるフォークの使い方はかなりぎこちないのだが、目の前の箸使いはとても綺麗だ。それが和食好きからきているのだと、また一つ姫野のことを知ることが出来たと思った。

(知らないことが多かったしな)

こんなふうに、最近時間があれば姫野のことを見ている気がする。

そのたびに視線が合う回数も意外なほど多かったが、時々姫野がまったく無防備にしている時もあった。

一見、人見知りかと思うほどに他者と接する機会が少ない姫野も、仕事に関しては課内の人間とも接触をする。

「あ、あの、この書類にサインをお願いします」

「ん?」

新里の机の前まで行った姫野がそう言うと、顔を上げた新里はデスクの中から印鑑を取り出し、書類を見ないままいきなり姫野に手のひらを出すように言うと、そこにペッタリと印鑑を押してしまった。

「か、課長」

「ん?」

それから、新里は書類を読み、改めてそれに印鑑を押して姫野に差し出した。

今自分がされたことに文句を言わないまま、姫野は眉を下げて席に戻って行く。

「キノコちゃん、これあげる」

席に戻る途中女子社員が飴を差し出し、姫野は足を止めて頭を下げた。

「……ありがとうございます」

その声の調子と、僅かに緩む頬に、彼が嬉しがっているのがよくわかった。

姫野自身、自分は目立たない存在だとか、課内でもお荷物だとか思っているようだが、意外にも影のマスコットとして愛玩《あいがん》されている。

表立って可愛がらないのは、そうすると余計に姫野が委縮してしまうからで、皆はからかい交じりにちょこちょこ姫野を可愛がり、悦に入っているのだ。

そんなことを思い出しながら、藤枝は目の前の姫野を改めて見る。

今は付け合わせのサラダに入っていたコーンを一粒一粒箸で摘んで食べているが、モグモグと頬を動かして食べている姿は本当にハムスターのようだ。

「……」

「……」

「……あ」

じっと見ていると視線を感じたらしい姫野が小さな声を上げ、焦ったように自分の皿を見下ろしてから皿をおずおずと差し出してくる。

とっくにメインのサケはなくなっていたが、そこにはポテトサラダがまだ残っていた。

「ど、どうぞ」

もしかしたら……藤枝がポテトサラダを好きだということを知っているのだろうか？

「……ありがとう」

「い、いいえ」

姫野は再び俯くが、短い前髪のせいで表情を隠せない。赤く上気した頬と、照れたようにはにかむ表情に、なんだか藤枝まで妙に気恥ずかしい気持ちになっていた。

昼間の会社では距離を置かれ、夜のマンションでは妙に人懐っこいスキンシップをされる。いったい、どちらが本当の姫野なのか混乱してしまいそうになっている藤枝に最初に気づいたのは上司の新里だった。

その日、相手先への連絡忘れという初期のミスをしてしまった藤枝は、新里に会議室へ呼ばれた。

第三者もわかる大きなミスは今日が初めてだが、それまでにも報告の計算ミスやら何やら、小さなものは幾つかあり、きっとそれを指摘され、注意されるのだろうと思った。

「姫野が何かしたか？」

「！」

しかし、第一声は藤枝が思いもよらないものだった。いきなり姫野の名前を出され、動揺を隠すことが出来ない。

今まではほとんどかかわりがなかった姫野に最近ちょっかいをかけているのは自分の方だ。それなのに、姫野の方に問題があるような言い方をする新里は妙に確信めいた笑みを浮かべている。

「可愛いハムスターが毎夜遊びに来るから、気持ちが浮ついているのか？」

「課長……っ」

これには、さすがに目を見張った。ハムスターの話が出るということは、新里には自分と姫野の間で何が起こっているのかわかっているとしか思えない。

「……どういうことですか」

驚きが過ぎると、自然に眉間に皺が寄り、低い声で威嚇《いかく》するように訊ねた。尊敬に値する上司だと思っているが、それでもこの件に関してはその立場も関係ない。

何時も飄々《ひょうひょう》としている新里はそんな藤枝の決意を知ってか知らずか、案外すんなりと白状した。

「あいつの着ぐるみ、私が作ったんだよ。いい出来だろう？」

「なっ？」

思い掛けない告白に、藤枝はみっともなく呆《ほう》けた表情になる。

「ペットを失ったお前を慰めたいと言っていた。可愛い部下の健気《けなげ》な思いを手助けしてやるのが本当の上司だと思わないか？」

すらすらと、まるで書いたセリフを言うように滑らかに出てくる言葉。藤枝も頭の回転は遅い方ではなく、我に返った瞬間にすべてのピースが当てはまった。

何時も姫野はエントランスからではなく玄関前でインターホンを鳴らしていたが、それは新里がマンションの中に招き入れていたからだ。

着替えも新里の部屋で行い、一日で改良された着ぐるみも新里が……そこまで考えると、姫野と新里の深い関係を疑ってしまう。いくら可愛い部下だとはいっても、こんな馬鹿げたことまで手助けをするだろうか。

「どういうつもりで姫野に手を貸したんですか」

「あいつのお前を思う気持ちに打たれたんだよ。そこまでして落ち込んでいたお前を慰めたいっていう気持ちにな。あの頃の自分がどんなに悲惨な状態だったか、自覚しているか?」

「……」

たかがペットがいなくなっただけで不眠症になってしまった情けない自分のことを言い当てられ、さすがに藤枝は口を噤《つぐ》んだ。

「姫野を手助けしているといっても、私はお前たちの関係をどうこう言うつもりはない。後はお前がどう思うかだけじゃないのか」

なんだか、理不尽な気がする。同じ部下なのに、姫野の気持ちを優先しているようだ。

「俺は、姫野をハムスターとして見ることは出来ません」

着ぐるみを着たとしても人間であることに変わりはない。ハムスターとして訪ねてくる姫野を受け入れている事実には目を瞑り、藤枝は常識を口にする。妙に苛立つ気持ちを誤魔化すように視線を逸らせば、新里は当然だろうなと頷いた。

「だが、本人がハムスターになりきっているんだから、藤枝もそのつもりで接してみたらいいんじゃないか？　人間に変えられるかどうかはわからんがな。とりあえず、私の言いたいことは仕事に私情を挟むなということだ」

もういいぞと言われ、藤枝は拳を握り締める。それでも、何も言い返す言葉はなくて、無言で頭を下げて会議室を出て行った。

（課長は知っていたのか……）

なんだか、姫野との二人だけの空間を荒らされた気がする。いや、こんな大事なことを新里に言った姫野に対しても、面白くない思いが生まれた。

「……っ」

この腹立たしさをどうしたらいいのか、藤枝は小さく舌を打った。

飼い方その四　スキンシップをしましょう

【最近、師匠の様子がおかしい。

ぱっと見はいつもと変わらないみたいなんだけど、みょうに苛々している様子。

社内でよそよそしいのは、僕の精神安定上いいんだけど、せっかく元気になった師匠にまた何かあったのかと思うと心配でたまらない。

僕の《藤枝奇跡の回復作戦》は上手《うま》くいっていると思ってたんだけどな】

「姫野」

「あ、はい」

じっと藤枝の背中を見つめていた鳴海は、彼が後ろを振り向く様子までスローモーションのように見えていた。それでも、自分のことを呼ぶとは思わなかったので、少し驚いて足早に駆け付ける。

「な、何ですか？」

今日も現場に同行し、業者との打ち合わせにも同席した。何時ものように完璧に仕事をこなす藤枝はカッコ良くって、鳴海の心拍数も上がり気味だ。

しかし、やはり最近……。

「次の現場に急ぐぞ」

「……あ」

「……」

用件だけ言って、直ぐに逸らされてしまう視線。

夜、ハムちゃんとして藤枝の部屋を訪れるようになってから、昼間でもこちらが戸惑ってしまうほどに積極的に話し掛けてくれていたのに、最近は以前のように……いや、以前よりももっとよそよそしい感じだ。

怒っているというよりも、避けられているような感じで、会社では積極的に藤枝にかかわらないようにしてきた鳴海自身も戸惑ってしまうほどの急変ぶりだった。

（でも……ハムちゃんになると違うんだよな）

夜、マンションを訪ねると、藤枝は相変わらず表情は硬いものの、それでも鳴海を部屋に上げてくれ、側に置いてくれる。

着ぐるみの上からずっと頭を撫でてくれたり、手作りの夜食を作ってくれたり、鳴海に対しても優しくしてくれて、ハムちゃんがいなくなった寂しさが少しは癒えてきたのかなと思う反面、どうしても昼間の藤枝とのギャップが大きくて戸惑ってしまう。

いったい、彼はどうしたのか、自分のハムスターぶりがまだ足りなくて癒されないのかと、鳴海は藤枝の部屋に行くために寄った新里の部屋で唸《うな》りながら部屋の主に訊ねた。

「どう思いますか？」

自分よりも遥かに観察力があり、藤枝のことも（鳴海よりも劣るが）知っている彼なら、その原因がわかるかもしれないと思ったのだ。

新里を信頼し、真剣に訊ねたのに、鳴海の話を聞いた新里はなぜか苦笑していた。彼のような大人から見れば何でもないことなのかもしれないが、鳴海にとっては人生の一大事だ。

「……まあ、あいつもまだ若いってことだな」

「はぁ？」

真剣に新里の答えを待っていた鳴海は、アバウトすぎるその言葉に眉間に皺を寄せる。

すると、新里はもう一度考えるように腕を組み、それならと付け加えてきた。

「お前がもっとペットとしてあいつに甘えたらいいんじゃないか？」

「もっとって……甘噛みとか、膝抱っことか以上ですか？」

「生き物の温かさっていうのは、人を癒すというからな」

「……」

（もっと積極的にくっ付くってこと？）

今でも、鳴海自身が幸せで、毎晩の日記が五ページを超すほどにスキンシップさせてもらっている。しかし、考えたらそれは鳴海にとってはこの上もなく嬉しいことでも、藤枝にとっては物足りなかったのかもしれない。

（……そっか。僕の常識に当てはめちゃいけないんだ）

藤枝ほどの男を癒すのなら、もっともっと――。

（温かさ……熱い……お風呂？）

「あ」

「どうした？」

急に声を上げた鳴海に今度は新里が訊ねてくるが、鳴海はその言葉に覆いかぶさるように訴えた。

「課長！　あの着ぐるみに加工出来ますかっ？」

「加工？　どうするんだ？」

「癒しですよ！」

鳴海の頭の中ではすっかりビジョンは出来たが、それを言葉で表現するのは難しい。

とにかくそれを現実に出来るかどうか相談してみたが、案外その思い付きは難しいようだ。

それでも、がっかりした鳴海に新里が提案してくれた代替案《だいたいあん》は結構良くて、鳴海はようやく満足して笑った。

「こんばんは！」

何時ものようにインターホンを鳴らせば、新里のように待たせることなく藤枝はドアを開いてくれた。

昼間会社で見た時は眉間の皺が深かったのに、今目の前にいる彼の顔は少しだけ疲れているようだ。

（やっぱり、仕事のストレスかも）

鳴海など遠く及ばないほど仕事を抱えている藤枝は、きっとストレスだって人並み以上に感じているはずだ。ペットとして、飼い主のストレスを癒すのは当然で、新里のヒントでそれには肌と肌のスキンシップが最適だと考えた。

「こっち、こっち来て下さいっ」

以前、トイレと間違えてバスルームのドアを開けたことがあるので場所はわかっている。

藤枝の手を引き、玄関から真っ直ぐにそこに着くと、鳴海はそのまま藤枝が着ていたシャツのボタンを外そうとした。

「おいっ？」

わけも話さないままなので藤枝にはとっさに手を掴まれて動きを遮《さえぎ》られたが、鳴海は笑って怖くないですからと言う。

「グルーミングです」

「……グルーミング？」

怪訝《けげん》そうに問い掛けてきた藤枝に、鳴海は張り切って頷いた。

「そうです。ご主人様は最近すっごくストレスが溜まっているでしょう？　それを解消するには生き物の温もりが一番なんです！　だから、僕が背中を流してあげますから！」

ハムスター同士がその行為をするのかどうかはわからないが、同じ仲間の毛繕いなどをしてコミュニケーションをとるというのは動物の間ではよくあることだ。

藤枝を動物扱いするつもりはないが、親睦《しんぼく》を深める手段としてはとても良い方法だと思った。

「……どこからそんな発想が……」

呆然と呟く藤枝の言葉は聞こえない。鳴海はいそいそと自分も着ぐるみを脱ぐために顎の下のファスナーを下ろした。

「ヒメッ？　お前、恥ずかしくないのか？」

「僕はハムスターなんですから気にしないで下さい。あ、ちょっとこっち見ないで下さいね」

鳴海はそう前置きしてから藤枝に背中を向ける。恥ずかしいのではなく、これからの変身のためだ。

頭の被りものを取り、腰まで着ぐるみを脱いだ鳴海は、持ってきた紙袋の中からカチューシャ仕様になったハムスターの耳を付ける。丸く、少し大きめな耳は新里の自信作だ。

（これでしっぽさえあったら完璧なんだけどな～）

さすがに裸の尻にしっぽを付けるのは困難だろうと諦めるしかなかった。

同じ年の男に比べたら少々貧弱な身体は人様に見せられるほどご立派なものではないが、耳を付けただけで人間からペットのヒメに意識が変換出来て恥ずかしさも消える。

思い込みとは本当に怖いものだが、今の鳴海には大きな武器だ。

「お待たせしました！」

くるりと振り返ると、藤枝は男前な顔をポカンとさせている。気の抜けたような顔もいいなあと内心笑み崩れながら、鳴海はもう一度藤枝のシャツに手を伸ばした。

「僕が脱がせてあげますね」

「いや、俺は」

「遠慮しないで下さい」

「……っ、だから、ちょっと待て。……俺が自分でするから」

「……そうですか？」

少し残念な気もするが、藤枝がその気になってくれたのは嬉しい。鳴海は少し離れ、シャツを脱ぎ始めた藤枝をじっと見た。

（やっぱり……カッコいい……）

程よく焼けた、ちゃんと筋肉が付いた身体。腰の位置が高いので足が長いことはわかっていたが、推定八十一センチだと思っていた長さは、もしかしたらもう二センチ長いかもしれない。

直ぐにもメジャーを持って測りたいうずうずを抑えていると、ふと下着姿になった藤枝と視線が合った。

（師匠はボクサータイプの下着なんだ〜）

「お前は？　まさかそのままで入るのか？」

「え？」

言われて初めて、鳴海は今の自分の状況に気づいた。今の鳴海は、着ぐるみの頭の部分を取り、腰の辺りで脱いだままになっている。

「い、いえっ」

本当は着ぐるみを着たままならしっぽもあって良いのだが、あいにくこれには防水加工は出来ない。だからこそ、新里が提案した付け耳の話に飛びついたのだ。

藤枝を待たせるわけにはいかないと、鳴海は着ぐるみの下に着ていたTシャツを脱ぎ、着ぐるみから両足を抜いて短パン姿になる。しかし、次の瞬間、それを脱ぐのを躊躇《ちゅうちょ》した。毎回父が買ってくる白のブリーフを何も考えずに穿いていたが、さすがに子供っぽいかと心配だったからだ。

しかし、もう一度考え直す。ペットである自分の下着を見たって藤枝は何とも思うはずもない。

それよりもと、鳴海はさらに考えた。

（これって、チャンスかも？）

　今までどんなものだろうと想像するだけで見ることが出来なかった藤枝の下半身を、堂々と観察することが出来るかもしれない。

　藤枝をずっと見つめてきたとはいえ、側には寄ることがなかったのでトイレや社員旅行でもその機会はなかった。バランスの良い身体の、男の証《あかし》。気になるのは仕方がないだろう。

　そこまで考えた鳴海はえいっと下着姿になると、あとは躊躇《ためら》うこともなくそれも脱ぎ捨てて振り向いたのだが……。

「どうした？」

　そこには、すでに腰にタオルを巻いた姿の藤枝が立っていた。

（お、惜しい～っ）

　これでは、藤枝のアレは見られない。いや、まだ身体を洗う時にチャンスはあるかもしれないと思い直し、まだまだお子様な自身の下半身もタオルで隠させてもらって先に中に入り、鳴海は湯船にお湯を溜め始める。

「結構広いなあ。会社の社員寮だし、もっと狭いかと思ったけど、男二人でも何とか……」

「それはお前が小さいからじゃないか？」

　風呂の中で思い掛けなく響いてしまった独《ひと》り言《ごと》にかぶさってきた声に振り向くと、ちょうど入口には藤枝が立っていた。

「えっと、先に背中を洗わせて下さい」

「それくらい自分でも出来る」

「僕がしたいんです！」

両手を握り締めて懇願すれば、藤枝は複雑そうな顔をしながらもわかったと頷いてくれる。

そして、腰に巻いていたタオルを取って腰かけに座った。

鳴海は直ぐにスポンジにボディソープをたっぷりと含ませてから泡立て、藤枝の後ろに立って広い背中を洗おうとしたが、視線を下に移した途端に目に入った物体に思わず手が止まってしまった。

（こ、これって……本物？）

藤枝の下半身を初めて見た感想は、その一言に尽きた。

男だったら誰もが気になってしまう下半身の……ペニス。隠さないどころか大いに見せびらかしたいだろうと思えるほどに立派な色と大きさと形をしたものは、さぞかし今まで付き合ってきた恋人も喜ばせてきたに違いない。

バランスの良い身体つきはスーツの上からでもわかるが、まさかそこが想像以上のビッグサイズだとは思いもしなかった。とても鳴海も同じものを持っているとは申し訳なくて言えないが、悔しさなど感じることはみじんもなく、むしろこれぞ藤枝だと感心してしまう。

（さすが師匠……あそこも完璧だ！）

初めの衝撃から何とか気持ちを持ち直すと、次に感じたのは尊敬の思いだ。性格良し、頭良し、身体良し、アレ良し。自分が師匠と崇めていた人はこんなにも素晴らしいんだと思うと、自分の人を見る目にも自信が湧く。

（でも、普通でアレなら、勃っちゃったらどのくらいなんだろ）

見てみたいが、女でもない自分にその機会は巡ってはこない……いや。

（……そうでも、ない、かも？）

セックスの相手はもちろん出来るはずもないが、溜まっているものを吐き出させる手助けは出来るかもしれない。最近、苛ついて見える藤枝だが、こちらの方が溜まっている可能性だってある。

（アレを出したらすっきりするよな）

今は決まった恋人はおらず、もちろん風俗に通うこともない。今のところ、自分で処理をしているはずだ。

（僕のテクニックでも大丈夫、かな？）

他で試したこともないそれを本番で藤枝相手に披露するというのも緊張するが、意欲は技術をカバー出来ると信じている。

ペットとして全力で藤枝に尽くそう。そんなことを考えた鳴海は、よしと決意してゴシゴシと背中を洗い始めた。

首筋から、肩、肩甲骨に、引き締まった腰。妄想ではなく、実際に手で触れられることに一々感動しながら背中を洗い終えると、今度は前に回って腕を取った。無意識のうちに、視線は下半身に落ちる。

「前は……」

「大丈夫ですから」

優しく、ペット思いの藤枝は、基本的に鳴海のすることを拒絶しない。今もきっぱりと言い切ると、複雑そうな表情をしながらも黙って身を委ねてくれた。

両腕と、鎖骨。胸板に、綺麗な腹筋……そして。

「そこは、いい」

さすがに下半身に下りてくると、藤枝はもう一度そう言って鳴海の手を押さえようとする。

しかし、ここからが重要だった。

「失礼します」

鳴海はスポンジを手放し、いきなり素手で藤枝のペニスを摑んだ。

(あ、柔らかい)

「！」

目の前の腹筋がキュッとしまったような気がする。次の瞬間には、藤枝に手を摑まれていた。

「お前、いったいどうして……ここまで?」

「これも、癒しの一つですから。大丈夫です、僕もオスなんで、気持ちの良い場所は同じはずだし」

まったく別の生き物のようでも、構造自体は同じはずだ。回数はそれほど多くはないが鳴海も自慰はしているし、何より、他人の手でするというのは普通のことだと知っている。

中学の修学旅行の時、同じ部屋になった同級生がそんなことを言っていた。実際にすることもされることもなかったが、それは知識として鳴海の頭の中に強く残った。

自分でやるよりも、人にしてもらった方がきっと気持ちがいいはずだ。

鳴海はまだ混乱している様子の藤枝の前にぺたんと座り、摑まれたまま手を動かし始める。

嫌悪感はまったくなく、気分は大切な宝物を預かっているかのようだ。

(泡が……なんか、カリフラワーみたい)

そのままずばりの見た目は結構生々しいものだったが、こうしていると変な意味でなく可愛い。

片手では当然回りきらない大きさの藤枝のペニス。それでも、泡のせいで手の動きはスムーズで、時折ピクッと大きく反応するのがわかった。

「……っ」

(ちゃんと感じてくれているみたいだ)

それが嬉しくて、鳴海はさらに手を動かす。張った先端部分を手のひらで包んで揉むように

し、もう片方で筋の浮き出た竿を擦った。その時には止めようとしていた藤枝の手の拘束は緩んでいて、鳴海は大胆にペニスを弄《いじ》りまわした。

（あ……ヌルヌルしてきた）

やがて、明らかに泡とは違う粘ついたものを手のひらに感じる。ペニスの濃いベージュ色はますます色素を深めて、少し柔らかかったはずが硬くなり、熱さも増してきた気がした。

こんなふうに、同性の性器が勃起していく様子を見るのは当然初めてだ。その相手が崇拝している藤枝なのだということも相まって、鳴海は自分も興奮しているのに気づかない。

「し……しょ……」

「……っ」

やがて、育ち切ったペニスはピクピクと暴れまくり、鳴海は必死に両手で制御しながら擦ることしか出来なくなる。

「ふっ……くっ」

「は……ぁ……」

バスルームの中で、抑えた藤枝の声と、荒い自分の息遣い、そしてクチュクチュという水音が妙に大きく響いて……。

「……っ」

やがて、手の中のペニスから精液が迸《ほとばし》り、それは鳴海の胸にまで飛ぶ勢いだった。

「出……ちゃった……」

胸から腹に滴り落ちる精液を見下ろしながら、鳴海は思わずそう呟いていた。

＊　＊　＊

昨夜から自己嫌悪に苛《さいな》まれていた藤枝は、出社してもなかなか気持ちの切り替えが出来ないでいた。

ただの一夜の相手なら、遊びだと割り切れた。セックスは恋人としかしないというほど清廉《せいれん》潔白《けっぱく》ではないし、第一今自分はフリーだ。

しかも、昨夜のことはセックスと言うほどのことではなく、自慰の延長だと言った方がいいくらいの行為だった。

ただし、その相手が姫野だということが大きな問題なのだ。

視線の先には、黒い頭しか見えない。何か書き物をしているらしいが、それはわざと藤枝を避けている行為ではなかった。

『気持ち良かったですか？』

藤枝が射精後の倦怠感《けんたい》に身を委ねていた時、姫野は妙にワクワクとした表情でそう聞いてきた。頬は上気し、色白の肌さえもピンク色に染まって、たった今射精したばかりだというのに再びペニスが勃起しそうな気がして、藤枝は慌てて視線を逸らしてしまった。

どうも、姫野はあの行為自体に羞恥を感じてはいないように見えた。しかし、ぎこちない手の動きからは、その行為に慣れているようにも思えない。

あくまでもペットのハムスターとして、飼い主である藤枝に奉仕しようとしている姫野の気持ちがよくわからなくて、藤枝の方が混乱していた。

「……」

このまま一人で考えていても、結果が出てくるとは思えない。すべてをなかったことにすれば話は早いが、それが無理だということも十分にわかっている。

いなくなったハムスターの兄弟などという、とんでもない理由で自分の中にズカズカと入り込んできた姫野。そのくせ、会社では何時も逃げ回ってなかなか側に寄ってこない。

やることなすこと、考えることまで突飛な姫野だが、自分を思ってくれている気持ちは嘘ではないと信じたい。そしてそんな姫野と、出来ればちゃんと人間同士として向き合いたかった。

そこまで考えた藤枝は、ふと新里の言葉を思い出す。

『だが、本人がハムスターになりきっているんだから、藤枝もそのつもりで接してみたらいいんじゃないか？　人間に変えられるかどうかはわからんがな』

あの時は何て無責任なことを言うんだと思ったが、姫野に対してはその言葉が一番合うような気がした。

（人間に変える、か）

姫野があくまでもハムスターだと言い切るのなら、藤枝は彼が人間だと思い知らせてやればいいのかもしれない。戸惑いや羞恥を感じるようになれば、自分がハムスターだと言っていられなくなるはずだ。

そうして初めて、本当の姫野自身と向き合える。

「……よし」

会社で姫野を避けたり、自分の部屋で姫野に押し倒されたりするのではなく、今度はこちらから積極的に動いてやろうと決意し、藤枝はようやく意識を仕事モードに切り替えた。

＊　＊　＊

昨日はあまりにも鳴海の許容量以上のことが起きて、実は帰宅してから観察日記を書くことも忘れて寝てしまった。

それでも、今朝起きて慌てて机に向かえば昨夜のことは鮮明に思い出され、その記憶が薄れないうちにと、図解と自身の感想も付け加えて日記に記した。自分以外の者が見ることはないので、まるで人体図形のように詳しく、リアルなものになってしまう。

観察するだけでは知りえなかった藤枝の色んなことが増えるたびに、これを読み返す自分の顔の笑みは深くなって、日々充実した時間を過ごせた。

そうなると、もっともっと藤枝のことを知りたいという欲求にかられてしまう。

「こんばんは」

「よお」

そして、今日、何時ものようにドアを開けて出迎えてくれた藤枝は、何時ものように優しい笑みを向けてくれる。どうやら昨夜の鳴海の暴走を怒っている様子はなく、それどころか何か吹っ切れたようなさわやかさがあった。

（ストレス、発散出来たのかな）

昨夜のコミュニケーションが役に立ったのかもと思い、鳴海の顔も自然と綻ぶ。

「ヒメ」

藤枝の後を付いてリビングに行くと、彼に来い来いと手招きをされた。鳴海が近付くとそのまま腕を引かれ、藤枝の身体と共にソファに倒れ込んでしまった。

「ご、ごめんなさいっ」

藤枝を下敷きにして自分が上になった状態でいるのに焦り、鳴海は直ぐに身を起こそうとする。しかし、藤枝は腕を離してはくれなかった。

「離れたら温もりが感じられない」

「でも、重いですよ？」

そう言った瞬間、いきなりくるんと視界が変わった。早業で身体の位置を入れ替えられたらしい。

「……」

上からじっと顔を覗き込まれ、鳴海は妙に照れ臭い思いがする。自分から見つめるのはいいが、相手から……藤枝から見つめられるのは妙に照れて、恥ずかしい。

「昨夜わかった」

「え？」

照れている鳴海とは違い、藤枝の目元は優しく緩んでいる。まるで本当に可愛がってもらっているペットのような錯覚に陥りそうだ。

「可愛がり方が足りなかったって」

「……え？」

そんな鳴海の耳に、思い掛けない言葉が聞こえてきた。

「せっかくヒメがハムの代わりに来てくれたっていうのに、俺はお前に甘えるばかりだった。俺の方こそ飼い主として、ペットに愛情を注がなければいけなかったっていうのにな」

「師匠……！」

（な、何て優しいんだよ〜っ！）

押し掛けたペットにさえ慈悲を向けてくれる藤枝に感激し、鳴海は思わず藤枝の腕にしがみつく。

「だから、今日からは俺がちゃんと可愛がって、躾《しつ》けてやるから」

「……は？」

（……躾ける？）

だが、続けて言われた言葉に、意味がわからないまま思わず内心首を傾げてしまった。

なんだか、想像もしていなかった展開だが、それでも藤枝が自分のことをペットだと認めてくれたのは素直に嬉しい。これで、何の遠慮もなくここに訪ねてこられるというものだ。

「だから、まずはお互いのことを知らないとな」

「そうですね！」

（でも、僕は師匠の好きな食べ物も音楽もスポーツも知ってるんだけど）

何を聞かれたって直ぐに返答が出来るという自信がある。ワクワクとした気持ちでいた鳴海だが、この体勢はなんだか落ち着かない。ちゃんとソファに座りなおそうとしたものの、その動きを藤枝は指先一つで抑えた。

「あ、あの？」

「昨日、お前も言っただろう？　グルーミング」

「グ、グルーミング？」

確かにそう言ったが、それとこの体勢がどう繋がるのだろうか。本当なら立場が反対になって、自分の方が藤枝に膝枕をし、艶やかな髪を撫でるというのがベストだ。

（すごく、親密っぽい感じ……）

寛《くつろ》ぐ藤枝を温かい眼差しで見つめる自分。頭の中でポヤンとその光景を思い浮かべていた鳴海は、急にジジーッという小さな音がしたのに気がついた。

「……え？」

胸のファスナーを下ろされている。腰近くまで下ろされてしまったそれのせいで下に着たTシャツが丸見えになって、さらにその中に手を差し込まれていた。

「こ、これ？」

いったいどうしてこんなことになってしまったのか、鳴海はさすがに戸惑って真上にある藤枝の顔を見つめる。

すると、藤枝は眩しい笑顔で言った。

「ヒメはハムスターなんだから恥ずかしいことなんてないよな？　もしも違うなら、お前が人間だって認めることになるけど、嫌だったら直ぐにそう言えよ」

「嫌なことなんてないです！」

まさかこんなことでハムスターでないと認めることは出来ない。確かに自信満々で触って欲しいと言える立派な身体ではないし、腹をサワサワと撫でてくる藤枝の手はくすぐったいが、昨夜は裸の付き合いをした仲なのだ。

（僕はペットなんだから、恥ずかしがることなんてないしっ）

萎えかけた気持ちを新たに奮い立たせた鳴海は、自分からガバッとTシャツを首元まで捲《めく》り上げる。

ペットなら、飼い主に触れてもらうのは嬉しいはずだ。

「触って下さい！」

堂々と言い放つと、それまで笑っていた藤枝が目を丸くした。

（あ……こっちからそう言うのって反則？）

しかし、犬や猫は自ら腹を出して飼い主の愛撫をねだっている。ハムスターだってそれは変わらないと思ったが、もしかしてハムちゃんはもっと奥ゆかしい子だったのかもしれない。

それでも、今更前言を撤回することも出来ず、胸を剥き出した状態のままでいると、

「！」

さわっと、大きな手が腹を撫でた。

「……頑固者」

「……っ」

（なん、の、ことですかっ、師匠っ）

その言葉の意味が気になるものの、それ以上に肌に触れる藤枝の手が熱くて仕方がない。

大きな手のひらは最初ゆっくりと腹を撫でてくれたが、やがてその手は胸元にまで上がって

きて、小さな胸の粒を押し潰してきた。

「ぅあっ」

「痛いか？」

痛みは、感じない。むしろくすぐったかった。ただ、普段自分でも触れないような所を、あの藤枝の手が触れているかと思うと妙に興奮してしまい、肌がざわつくのを感じる。

（き、気持ち、い……っ）

初めは確かめるようにゆっくりと動いていた手は、次の瞬間離れたかと思うと、今度は指先で乳首を摘んできた。僅かな痛みと共に、先程よりもピリッとした感覚に襲われる。

「あ、あのっ」

「……嫌？」

鳴海の反応をずっと見ていたらしい藤枝にそう問われ、同時に動いていた手も止まってしまった。

「嫌だったら、ちゃんと言え」

その言葉に、鳴海は反射的に首を横に振る。未知の感覚に襲われていることに不安は覚えたが、それで藤枝に触れて欲しくないとは思わなかった。

むしろ、もっと強烈な刺激が欲しくなっている自分に気づいた鳴海は、その感覚に素直に従う。この際、羞恥など余所《よそ》に置くしかない。

「も、っと……」

言葉と共に藤枝の手を摑むと、自分の手の力も合わせて胸に押しつける。

すると、一瞬抵抗するように力を込められたそれが、再び明らかな意図を持って動き始めた。摘むのも難しいだろう小さな乳首をこねたり、引っ張ったり。ない胸全体を揉みしだかれ、鳴海の口から我慢しきれない吐息が漏れる。

「ん……ふうぁっ」

大好きな藤枝に触れてもらっている。それも、ついさっきまでそこが感じる場所とはとても思わなかった場所を、だ。

(こ、これも、グルーミン、グ、だしっ)

「気持ちが良かったら、我慢せずにちゃんと声を出すんだ」

「あぁん……っ」

藤枝の言葉に許されたと同時に、鳴海の口からついて出た甲高い声。抑えてしまいたくても感じてしまうのだから仕方がない。

(ぼ、く……はっ、ペット、だしっ)

飼い主とペットの間ではこれくらいのスキンシップは当然のことだと、頭の中にゆっくりとインプットされていく。辛うじて摘めるぐらいだったささやかな存在のそれが、だんだんとぷっくりと主張してきて、さらなる刺激を伝えてきた。

「ヒメ」

心なしか、藤枝の声も掠れているような気がするが、今の鳴海にその声のトーンを堪能している気持ちの余裕などない。

「し……しょ……」

頭の中にピンク色の霞が掛かり、《ご主人様》と呼ばなければいけないところを慣れた《師匠》という敬称で呼んでいるのにも気づかない。ぼんやりと快感に潤んでしまった目を藤枝に向けた時だった。

チュッ
「……あ」

藤枝の顔がぼやけるほどに近付いたかと思うと、軽いリップ音と共に唇に柔らかいものが触れる。今のは何なのか、直ぐにはわからなかった。

チュッ　チュッ
反応をしないでいると、何度も何度も同じような音がして、次第に唇にくっ付くものの正体が頭の中で明快になっていく。

「キ、ス……ですよ？」

藤枝が自分にするわけがない行為にそう問えば、今度はペロッと舐められた。

「ハムとは、何時もキスもしてたんだけど」

「ハム、ちゃんと?」

あんなに小さなハムスターとキスなんて出来るのかと一瞬思ったが、次の瞬間には藤枝の肩に乗って可愛らしく鼻をくっ付ける姿が浮かんだ。

(た、確かに可愛いかもしれない)

「ヒメ」

もう一度呼ばれ、ゆっくりと藤枝の顔が近付いてくる。今度は鳴海も自然に目を閉じてそのキスを受け入れた。

(師匠と……ちゅー、だぁ)

重なるだけの、キス。それは、ペットとして藤枝の側にいると思い込んでいる鳴海に、小さな波紋を投げかけた。

(もっと……深い、ちゅーがしたい……)

飼い方その五　距離は上手にとりましょう

【キスというのは、案外簡単に出来るらしい。でも、あんなに気持ちが良いものだというのは初めて知った。

でも、ハムちゃんって羨ましい子だったんだなあ。あの師匠に可愛がってもらっているというだけでもすごいのに、キスまでしてもらっていたなんて！

その役目を僕がしてもいいのかって思うけど、やっぱりその誘惑には逆らえないし。

師匠の唇は少しだけカサついていたけど、ソフトタッチで優しくて……】

「ああいうのをテクニシャンというのだろうか……？」

「わあぁぁぁ！」

ゴソゴソと着ぐるみに着替えていた鳴海《なるみ》は、背後で笑みを含んだ声で大切な観察日記を朗読されて慌てて振り返った。

「プ、プライバシーの侵害です！」

しっかり鞄《かばん》の中に入れていたはずなのに何時《いつ》の間に取り出したのだろう。鳴海は焦って新里《にいさと》の手からそれを奪い返した。

「お前が昨日のことを誤魔化すからだろう？　協力する条件として、ちゃんと報告することって言ったはずだが？」

「話したじゃないですかっ。師匠はペットをとっても可愛がるって！」

「その可愛がり方がこんなふうだったとはなあ。お前、観察眼は鋭いな。表現力もあるし」

「そ、そうですか？」

　褒められて照れてしまった鳴海は、観察日記を勝手に見られてしまった怒りを直ぐに忘れてしまう。元々、新里はハムちゃん仕様の着ぐるみを提供してくれた人だし、藤枝《ふじえだ》に対して特別な感情を持っていない安全パイな存在だ。

　それに、実際藤枝がどれほど素晴らしい人か語り合う相手が今までいなかった鳴海にとっては、話し相手という部分でも新里は貴重な存在だった。多少の秘密くらい知られても構わないと思える。

「それで、今日も同じように迫られたらどうするんだ？」

「迫られるんじゃないですよ。スキンシップです」

　鳴海の立場はペットで、藤枝はその飼い主だ。多少際どい戯《たわむ》れをしたところで、愛情たっぷりの飼い主がペットに構うようにしか思えない。

「まあ、いい。で、スキンシップしようって言われたら？」

「お願いしますって言います」

藤枝の大きな手で身体《からだ》に触れてもらうのは心地好い。響きの良い声で《ヒメ》と名前を呼ばれることだって天にも昇る気持ちだ。

（今までの僕には考えられないほどの幸せな時間だよ！）

「じゃあ、行ってきます！」

着ぐるみを着終えた鳴海は新里を振り返る。すると、新里は口元に苦笑を浮かべてああと頷いてくれた。

「色々と、頑張れ」

「？　……はい」

（色々って、何だろ？）

わけがわからないまま、それでも鳴海は弾む足取りで階下に向かった。

今日もドアを開けて出迎えてくれた藤枝に導かれ、リビングのソファに座った鳴海はチラッと隣に視線を向けた。

相変わらずカッコいい藤枝だが、今日はまた眉間の皺がアダルトチックで、ストイックで、何とも言えない魅力になっている。

「ヒメ」

色気たっぷりの表情で見つめられてしまった鳴海は、はいっと少し裏返った声で返答をしてしまった。

「昨日は、その……」

なぜか言い淀む藤枝の言葉の先を鳴海なりに考えるが、藤枝ほどの人が考えることを自分がわかるはずがない。

ただ、気分が少しでも落ち込んだ時にはやはりアニマルセラピーが一番だと結論付け、鳴海はモソモソと藤枝の膝の上に乗り上げた。

「ヒメ？」

戸惑ったような声と表情が、なんだかとても可愛らしい。鳴海は藤枝の手を取り、ギュウッと自分の胸元で抱きしめながら言った。

「僕にもっと甘えてくれていいんですよ？　僕はご主人様のために存在しているんですから」

そう言って、チュッと触れるだけのキスをした。

目を見開いた藤枝は、直ぐには何も言わなかった。しかし、しばらくして頭を撫でてくれる感触がして、その後に深い溜め息が聞こえてくる。

「……手強《てごわ》い」

（手強い？）

いったい、何のことだろう？　鳴海が問い返す前に抱きしめていた腕がすり抜かれ、反対に両脇を摑んで向き合う形に抱きかかえられてしまった。

真正面に、藤枝の顔がある。さっきまでは少し思いつめた様子だったのに、今はどこか意地悪そうな……何かを企んでいるような表情だった。

「ヒメ、ハムはメスだったって……知ってるか？」

「……え？」

（ハ、ハムちゃんって……メス？）

鳴海はポカンと口を開けた間抜けな顔で藤枝を見てしまった。

今までまったくその可能性を考えたことはなかった。名前の響きと、藤枝にはメスを飼って欲しくないという頭からの思い込みで、絶対にハムちゃんはオスだと決めつけていたのだ。

（こ、根本的に、違う……）

人間とハムスターという違いはもちろんあるが、オスとメスという性別も正反対だ。

一応兄弟と言っているので大丈夫だろうかと頭の中でグルグル考えていると、するっと藤枝が鳴海の股間を撫でてきた。

「！　あ、あのっ？」

着ぐるみの上からなのではっきりとした感触はない。それでも視界に飛び込んできた手の動きに、さすがに動揺してしまった。

話の途中でいったいどうしたのかと視線で訴えると、藤枝は真面目《まじめ》な顔をしたまま言う。

「確かめている」

「た、確かめ？」

「ハムスターの雌雄《しゆう》は、生殖器から肛門までの長さでわかるんだ。長ければオス、短ければメス。お前はどっちかなって思って」

「ぼ、僕はオスです！」

「……ハムスターの言葉はわからないな」

そう言った藤枝は、いったん手を止めて鳴海の顔を覗き込んでくる。

「こんなふうに調べられるの……嫌だろう？　だったら、自分がハムスターじゃなくって人間だってことを……」

「どうぞ！」

藤枝にすべてを言わせないまま、鳴海は大きな声で叫んだ。

こんな場所を進んで見せる趣味はないが、ハムスターにとって珍しくない選別方法だと言われたら受け入れる――それだけだ。

この、藤枝の部屋にいる間は、あくまでも鳴海は藤枝のペットのハムスターなのだ。

きっぱりと言った鳴海の顔を藤枝はしばらく黙って見つめていたが、やがてまた大きな溜め息をつくと胸のファスナーを下ろし始めた。

「この上からじゃわからないからな」

「そうですね」

確かに着ぐるみの上からではわからない。鳴海は自分からも藤枝の手に身を委ね、進んで着ぐるみをすべて脱いだ。

「あっ」

その際、手を伸ばして持参した紙袋の中から耳を取り出して付ける。どうしても、身体のどこかにハムスターだという証《あかし》がないと落ち着かない。

「じっとして」

「……んっ」

下着の上からゆっくりと、お粗末なペニスとその下の睾丸《こうがん》を確かめるように撫でられた。人の手に、いや、藤枝の手をそんな所に触れさせるのはとても申し訳なくて、鳴海はズズッとソファの端まで移動すると、体育座りの状態から股を開いて指し示す。

「ほらっ、ちゃんとあるでしょうっ?」

いくら小さくても、薄い下着越しに膨らみはわかるはずだ。なんだかじんわりと濡れているような気がするが、きっと冷や汗のせいだ。

すると、藤枝もソファに座り直すと、少し身を屈《かが》めてその部分を覗き込んできた。

(か、顔っ、近いんですけど~!)

股間に顔を近付ける藤枝……さすがに想像の範疇外《はんちゅうがい》だ。直ぐにでも足を閉じてしまいたいが、今藤枝は自分の性別を確かめているんだと何度も言い聞かせ、足にぐっと力を込める。

「これじゃ、わからない」

「えっ？」

（わ、わからないほど小さいってこと〜っ？）

お粗末なものをさらに揶揄《やゆ》されたのかとずんと落ち込みそうになったが、どうやら理由は違うらしい。

「下着の上からじゃ、生殖器も肛門も見えないだろ」

「あ」

（大きさの問題じゃないのか）

鳴海は妙に納得し、直ぐに下着を脱いだ。普通なら自分の下半身を人前で露出するようなことはないが、今はただ藤枝の疑問に答えなければという使命感が強くあった。

それに、今の自分はハムスターで、飼い主に身体のすべてを見られても嫌じゃない。

体勢的に子供がしゃがんでトイレをするような格好だが、これも自分がオスだと証明するちゃんとした検証のためなのだ。

下着を下ろすと同時に、プルンと飛び出してきたペニス。半分皮を被ったままのそれは何を思ってか少し反応していたが、鳴海はあえてそれを見ないようにしてさらに下に視線を向けた。

今の自分の位置からは肛門は見えにくく、もう少し体勢を倒してみる。

「見えますか？」

体勢を確認してから藤枝を見上げれば、なぜか彼は動揺したように視線を泳がせてまともにこちらを見ない。確かに、好き好んで排泄《はいせつ》器官を見たいと思う者はいないだろうし、鳴海自身早く証明してもらって下着を穿きたかった。

「これ、あの、生殖器官ですよね？」

鳴海はペニスを指さす。今まで使ったことはないが、きっと正常な働きをしてくれる自分の相棒だ。

「それで、えーっと……あ、ここが、肛門で」

しっかり触るのはさすがに恥ずかしいので、かるくチョンと触れて位置を確認する。

「この距離は、オスですよね？」

今度こそそうだなと言ってくれると思ったが、何時の間にかじっとこちらを見ていた藤枝が少し掠れた声で言った。

「……わからないな」

「ええっ？」

（こんなにわかりやすい格好してるのにっ？）

身体を後ろに倒し、両足の膝裏をちゃんと持って足を広げているこの状況で、ペニスも睾丸も丸見えのはずなのに、なぜまだオスかどうかわからないのだろうか。

「……ペットショップの店長に聞いたんだ。ハムスターのオスは体の割には、かなり大きなペニスを持ってるって、な」

「お、おっきな、ペニ、ス？」

「……まさか、やっぱりメスなんて言わないよな、ヒメ」

そう言いながら、藤枝は手を伸ばしてペニスに触れてきた。

「んっ！」

ふにゃっとしたペニスが、他人の手を感じた途端にムクッと力を持つのが自分でもわかる。

「手っ、あのっ、手がっ」

藤枝は雌雄の判別をしようとしているだけなのに、その手に感じてしまった自分が恥ずかしくてたまらない。

「よ、汚れますからっ」

慣れない愛撫に直ぐに込み上げてくる射精感に身を捩《よじ》って逃げようとしたが、藤枝は身体ごと圧《の》し掛かるようにして鳴海の身体を抱え込んだ。

その間も、藤枝の手は止まらない。情けなくも彼の手の中にすっぽりと入り込んでしまう大きさのペニスを何度も擦られ、悪戯《いたずら》な指先は先端に被ったままの皮を何度も引きずり落とそうとしてくる。

「い、痛っ、いたい！」

初めて感じる鋭い痛み。

正確には高校生の時、トイレでチラッと見た同級生のペニスと自分のものがあまりに違いすぎ、そのわけを父に聞いた時に一回だけ風呂場で自分で剝こうとした。

しかし、あまりにも痛すぎて断念し、あまり形のことは考えないようにしてきて以来、二度目に感じる痛みだ。

そして、今またその痛みを思い出す。

自分の手ではなく、藤枝の手によってその痛みを与えられているということに眩暈《めまい》がしそうだった。

「し、師匠っ」

「……濡れてきた」

「あっ、やぁっ、あぁっん！」

クニュクニュした感触と、耳に届くグチャグチャという音。

どうしたらいいのかと縋《すが》るものを探して、無意識のまま自分の膝裏をギュッと摑む。

霞む視界に映る、揺れる自身のつま先。頭の中は混乱し、ものすごく恥ずかしいのに、痛みと快感を貪欲《どんよく》に吸収する自分の身体が、このままどうなっていくのかわからない。

「んあぁ……っ！」

そして、それほど時間が掛からないまま、鳴海は射精してしまった。それも、藤枝の手の中に、だ。

（ど……しよ……）

直ぐに頭に浮かんだのは、早く、汚れてしまった藤枝の手を綺麗にしなければならないということだった。それなのに、弛緩《しかん》した身体には直ぐに力が戻ってこない。

「……ぁ……」

何とか伸ばした手で、自分のペニスをまだ握っている藤枝の手を掴んだ。すると、藤枝の視線が自分の顔へと向けられる。

「ヒメ」

眉根を寄せ、どこか苦しげに自分の名前を呼ぶ藤枝。熱情を孕《はら》んだ瞳は、まるで獲物を狙う肉食獣のようだ。初めて見るその表情に、鳴海は今の自分の格好も忘れてぼうっと見惚《みと》れてしまった。

（すご……師匠の、色気……だだも、れ）

会社の女子社員が見たらすごい騒ぎだろうなと思いながら、視界の中の彼の手が汚れているのが見える。

そうすると、先程までの使命感を改めて思い出し、鳴海は骨ばった大きなその手を自身の口元まで引き寄せ、白く粘ついた液で汚れている指先をペロッと舐めた。

「お前……っ」

「……まず……」

（やっぱり、練乳とは違う……）

とても舐められたものではない味だが、藤枝の指先を汚したままではあまりにも申し訳ない。

そう思った鳴海は口を開け、もっと舌を絡めようとして……いきなり指を引かれてしまった。

「……師匠？」

「風呂に入ろう」

妙にきっぱりと言い切ったかと思うと、鳴海の身体は宙に浮いた。いくら小柄だとはいえ、男の鳴海をこうも軽々と抱きあげるなんて、藤枝は腕力も相当なものだということにも感動した。

「……綺麗に洗ってやるから」

そんなことは申し訳ないと言いたいのに、今の射精で弛緩した身体は思った以上にだるくて、なんだかすごく疲れてしまった。

少しくらい、甘えてもいいだろうか。

そんなことを考えながらぐったりと藤枝の胸にもたれ掛かると、さらに強く抱き寄せられる。

（……ハムちゃんも、こんな幸せな気分だったんだろうなあ）

このまま本当に藤枝のペットになってしまいたい気分で、鳴海はその日赤ん坊のように隅から隅まで藤枝に洗われた。

＊　＊　＊

翌日、出社した藤枝は直ぐに姫野《ひめの》の姿を捜した。何時も自分の少し後からやってくる姫野は、思った通り五分後に課の中に入ってきた。

「姫野」

「……おはようございます」

姫野は小さな声で言い、ペコッと頭を下げて自分の席へと向かう。

「……」

見ている限りは、自分に対し恐怖や嫌悪を感じたような様子はない。昨夜あれほどのことをしたというのに、羞恥や戸惑いを感じているというようにも見えなかった。

だが、それでは駄目なのだ。

藤枝が向かい合いたいのはペットのヒメではなく、人間としての姫野鳴海だ。

「おはようございます」

「課長、すみません、いいですかっ」

課内がざわつき始め、藤枝はその原因へと顔を向ける。そこでは出社してきた新里が早速部下の報告を聞いていた。

示し合わせたはずはないのに、ふと顔を上げた新里と目が合う。

「……」

「……」

にやっと、笑われたような気がした。何をグズグズしているんだと、からかわれているようだ。

（……くそっ）

萎えかけていた決意が、改めて燃え上がる。姫野がペットとしてではなく、人間として自分と向き合うようにするためにも、計画の中止は考えないことにした。

＊　＊　＊

「どこまで進んでいるんだ？　藤枝とは」

「は？」

何時ものようにスーツを脱ごうとした鳴海は、その言葉にふと手を止めて首を傾げた。

「キス以上に進んだのか？」

「キスって、可愛がってもらってはいますよ」

なんだか妙な含みを感じたが、実際に藤枝とはキスをしたし、それだけではなく頭を撫でてもらったり、それ以上の……。

（うわっ）

藤枝の手でペニスを弄《いじ》られたことを思い出し、鳴海はボンッと顔が赤くなった。

自分はハムスターだと言い張る鳴海に合わせ、藤枝は雌雄の判別をしてくれようとしていたのに、何時の間にかその手に感じてしまった鳴海の生理現象をどうにかしてくれようとした結果だ。

そうだというのはわかっているが、それでも着ぐるみを着ていない時に思い出すと恥ずかしくてたまらない。

ペットになりきろうと頑張ったからか、ハムスターになりきっている時と素《す》の時とのギャップは日々大きくなっていた。

「お前は本当に飽きないな」

鳴海の百面相を見た新里は、呆れることなくさらに楽しそうに笑う。

「面白がってるでしょ」

「お前が楽しませてるんだよ」

「課長～」

「最近はお前自身、仕事での失敗も少なくなってきたしな。それも藤枝効果だと思ったんだが……違うのか？」

「その通りです！」

夜の藤枝と（ちょっとエッチな響きだが）過ごすようになり、もっともっと彼のことを知るようになって、たとえペットとしてでも彼の側にいるのに少しでも相応《ふさわ》しい存在になりたいと思うようになってきた。

それは昼間の自分も同じで、小さな失敗は相変わらずあるが、それでも自分なりに考え、行動するようになって、随分社内での評価も上向いてきた……なら、嬉しい。

（師匠も、そう思ってくれてるといいんだけどなあ）

頭を撫でられ、褒められる自分を夢想してへへっと笑み崩れていると、でもなあと新里が続けて言った。

「そろそろ、藤枝の気持ちも考えてやった方がいいんじゃないか？」

「師匠のですか？　だから、僕はペットになって……」

「だから、それは初めの頃だろう？　案外、今のあいつの望みは違うかもしれないぞ」

なぞなぞのような言葉にどういうことかと聞き返そうとしたが、新里は早く着替えろと背中を押してきた。これ以上は答えてくれないことがその態度だけでもわかる。

もっと粘ったらヒントぐらいはくれるかもと一瞬思ったものの、新里がそんな甘い人間ではないことは容易に見当がついた。

（師匠の、答え……？）

自分ではない他人の考えなんてわかるはずがない。しかし、鳴海はずっと藤枝のことを見てきて、彼のことはよく知っているつもりだった。

初めはハムちゃんの兄弟だと言い張って家に強引に押し掛けて、藤枝も戸惑っただろうというのはわかる。それでも、今では受け入れてくれて、鳴海の方が申し訳ないと思うほどに可愛がってくれていた。

ただ、最近自分を見る藤枝の表情が、少しだけ困惑したような、何かを訴えるような眼差しになることが時々あることも確かだ。

もしかしたら、まだハムちゃんのことを忘れられないのかもしれない。自分とハムちゃんの違うところに気づき、物足りなく思うようになったのかも。

(……もっともっと、頑張らないといけないっ)

藤枝が可愛がってくれるからといって甘えるばかりではいけないのかもしれないと、鳴海は新たに決意して新里の部屋を出た。

ピンポーン。

エレベーターに乗って階下に降り、目的の部屋の前に立ってインターホンを鳴らすと、驚くほど速くドアが開かれた。

「ヒメッ」

「こんばんは!」

新里の言葉が頭の中に残っていた鳴海の声は、いつも以上に大きくなった。だが、挨拶を返される前に、強引に中へと連れ込まれる。

「ご、ご主人様？」

何時になく乱暴な藤枝の行動に戸惑っていると、彼は玄関の鍵を閉め、丁寧にチェーンまで掛けてしまう。

そして、両腕の中に鳴海の身体を囲うようにして壁に押しつけると、そのまま上から見下ろしてきた。

「あ、あのっ」

（近いんですけど……っ）

いったいどうしたのだろうと戸惑いながら藤枝を見上げると、彼は何度か口を開きかけては止《や》めるという行動を繰り返した後、

「……来ないかと、思った」

と、小さな声で言った。

そんなことはありえない。ここに来ることは藤枝のためという理由ももちろんだが、鳴海自身が楽しみにもしているのだ。

「来ますよ？　僕はご主人様のペットだし」

「……まだ、ペットか」

「え？」

よく聞こえなかった言葉に聞き返すと、藤枝はいいやと直ぐに笑い掛けてくれた。その笑顔で先程の言葉のことを聞き忘れる鳴海の手を引き、何時ものようにリビングのソファへと連れて行ってくれる。

「あ」

ソファを見た瞬間、鳴海は昨日のことを思い出した。勝手に気持ち良くなって藤枝の指を汚してしまったことを早く謝らないといけない。

「昨日はごめんなさいっ」

「ん？」

「僕ので汚しちゃって……。本当はちゃんと我慢しなくちゃいけなかったんですけど、初めて人に触られてすごく気持ち良くって」

つらつらと自分の気持ちを告げると、ちょっと待てと藤枝に遮《さえぎ》られた。

「……初めて？　お前、セックス……あー、交尾、したことないのか？」

「ないです！　あんまり興味もないし」

どうしてそんなに驚かれるのかその方がわからない。

女の子は嫌いではないし、反対に男がどうしても好きだというわけでもない。要は、まだそういった行為をしようと思えるような、運命の相手がいないだけだ。

（それに、師匠の観察だけでも忙しいし）

モテる藤枝を見ていると、自分もなんだか完璧な恋愛をしているような錯覚に陥り、それだけで満足してしまっているのも原因の一つかもしれなかった。

「……それで、あんまり抵抗がなかったのか」

「抵抗？」

「俺が触って、気持ち悪かったってことないんだな？」

当たり前だ。それ以上に、鳴海の生理現象をわざわざ発散する手助けまでしてもらって、こちらの方が申し訳ない。

「気持ち悪くなんてなかったですよっ。それよりも、気持ち良くって、さすがご主人様はテクニシャンだって再確認したくらいですから！」

「テクニシャンって……」

奥ゆかしい藤枝は照れているようだが、あの手付きは神業に近いものがあったと鳴海は思っている。あの手が機械になって売っていれば、二十万は出しても買いたい。

（……三十万でも、いいかも）

そんな脳内妄想で一人ニヤニヤしている間に、鳴海はソファの上でコロンと寝かされ、またもや藤枝が圧し掛かってくるという体勢になっていた。

（で、でじゃぶ？）

下から藤枝を見上げる格好で、鳴海は一応訊ねてみる。

「あの、これって？」

「気持ちが良かったんなら、またしてやらないとな」

それは、昨日のような行為をもう一度するということか。

「い、いいえっ、そんな！　帰って自分でも出来ますからっ」

藤枝相手に自分の欲望を見せ付けてしまうのも申し訳ないのに、また綺麗なあの手を汚すのは嫌だ。

「……嫌だったのか？」

「嫌じゃないです！　僕っ、ご主人様に可愛がられるの好きですから！」

変な誤解はさせたくなくて、鳴海はちゃんとそう主張する。嫌悪とか、恐怖なんてまったく感じず、むしろ藤枝の自分に対する執着や愛情が感じられて嬉しかった。

力説した鳴海の頭を撫でてくれた藤枝は、覗いている鼻にチョンとキスをしてくる。

「！」

目を丸くした鳴海に、藤枝は苦笑しながら言った。

「ペットの世話は飼い主がしてやらないといけないだろう？」

「ご主人様……っ」

（さすが、愛ハム家の鏡！）

なんだか本当に、大切にされているようだ。

ソファが汚れるかもしれないと言われ、鳴海はバスルームに連れて行かれた。

（何で？）

藤枝の手で着ぐるみを脱がされ、頭にはしっかりと耳型のカチューシャを付けてくれ、丸裸で洗い場にいると、まるで今から毛を洗われる犬の気分だ。

「今日は、毛繕《けづくろ》いをしてやろうな」

今日も腰にタオルを巻いた状態で浴室の中に入ってきた藤枝の言葉に、鳴海はまったく想像が出来なくて思わず聞き返してしまう。

「毛繕い、ですか？」

「そう……こんなふうに」

言うなり、身を屈めた藤枝にペロッと乳首を舐められた。

「うひゃっ？」

くすぐったさと、生温かさと、ざらりとした舌の感触に、意識しないまま声が上がってしまって、反射的にその場にペタンと腰を落とす。

（こ、これが毛繕いっ？）

「ほら、ちゃんと胸を張って」

「は、はいっ」

鳴海は手を真っ直ぐに身体の横に下ろし、ピンと背中を張った。飼い主がペットの胸を、それも毛のない乳首を舐める毛繕い。本物のハムスターではないのでそれも仕方がないが、一方では自分だけがこの毛繕いを受けてもいいものかと迷う。

ペットが飼い主に撫でられる姿というのはよくある光景だが、鳴海は愛情を受けるばかりでは嫌だった。こうして可愛がられるのはもちろん嬉しいし、気持ち良いのだが、自分が藤枝を癒したいという思いもかなり強い。

「ん……ふぅぁん」

薄い乳輪から乳首までをペロペロと舐め上げられ、つんと立ち上がってきたところをクチュッと口に含まれる。

一度されて気持ち良さを覚えている身体は直ぐに快感に蕩《とろ》け、倒れないように目の前の藤枝の肩にしがみついた。

このままではまた、自分だけイかされてしまう。焦った鳴海は何とか藤枝の頭を引き離すと、怪訝《けげん》そうな視線を向けてくる藤枝の逞しい胸元に目を向けた。

「ヒメ?」

「ぼ、僕、もっ」

グルーミングはどちらか一方がする行為ではなく、お互いがするもののはずだ。鳴海は目の前の乳首にブチュッと吸いついた。

「……っ」

小さな乳首を育てなければと歯を立ててしまい、頭上で藤枝が息をのむのがわかった。

快感ではなく苦痛を感じさせてしまったと焦り、さらにチュウチュウと子供のように吸ってしまう。

（えっと、師匠はどうしてたっけ……っ）

自分がされて気持ちが良かったようにとペロペロと舌で舐めていると、以前のように両脇を摑まれて引き剝がされてしまった。

「……気持ち良く、ないですか？」

まだ始めたばかりだというのに中断されてしまい、鳴海は情けない思いのまま藤枝を見上げる。すると、彼は馬鹿と困ったように笑った。

「俺はそこは感じないって」

「嘘っ、気持ち良くないんですかっ？」

だったら、あんなに身体が痺れてしまった自分の感覚がおかしいのか。

「ヒメは、気持ちいいんだな？」

言葉の揚げ足を取られてしまったが、自身が気持ち良くて藤枝にもと思ったことは本当なので素直に頷く。やっぱり、男でここが感じるのは少し変なのかもしれない。

（じゃあ、他に……）

藤枝に捕まえられた状態のまま、鳴海はじーっと視線を落としていった。乳首が駄目なら、そのもっと下――。

「あの……それ、触ってもいいですか？」

鳴海の視線がどこを向いているのか、藤枝は直ぐにわかったらしい。えっと驚いた声を漏らした。

乳首以外、男が触られて気持ちがいいと思う場所はアソコくらいしかない。そこが駄目なら他にと目まぐるしく考えていると、藤枝は鳴海を床に下ろし、自身もその前にあぐらをかいて座った。

「俺も、触っていいよな？」

「え？」

「お互いに……毛繕いしてみるか」

言うなり、鳴海のペニスから、その上の下生えまでを意味深に撫で上げられ、鳴海は高い声を上げて藤枝の肩にしがみついてしまった。

「だ……め、ですっ。ぼくがっ、したい、のにっ」

たったこれだけの接触でこんなにも感じてしまっていたら何も出来なくなる。

そう訴えても、藤枝は頑として受け入れてくれなかった。

「俺だってお前を可愛がりたいんだ。妥協したら、お互いにし合うってことになるだろ？」

「そ……ですか？」

藤枝に重ねてそう言われると、なんだかそんな気分になってしまうのが不思議だ。

しかし、元々藤枝に対して絶対の信頼と尊敬の念を持っている鳴海にとって、彼の言葉はすんなりと頭の中に入る。

一方的にされるのが嫌で、藤枝もしたいというのなら、確かに互いにグルーミングするしかない。

ただし、手でしてしまったら藤枝の方が経験豊富だと思うので、自分の方が直ぐに快感に溺れてしまう。だったら、手でする以上のことをしなければ、藤枝を気持ち良くさせることは出来ない気がした。

「……」

人間、使える場所というのは限られている。

(口に、入るかな)

嫌悪感は初めからない。可愛いとか、美味《おい》しそうだという見た目ではないものの、藤枝のものだったら何とか。でっかいソーセージだと思えば、多少気持ちも変わる。

「あの、舌で毛繕いしてもいいですか？」

タオルの向こうにあるペニスを想像しながら言えば、しばらくの無言の後、大きな手で頬《ほお》を撫でられ、その親指が唇に触れた。

「……出来るのか？」

「出来ます！」

出来なければ口でしようなんて思わない。張り切って答えると、好きにしろと諦めたような許可が下りた。

まずはお互いに身体を洗ってからと言われ、鳴海は頭から足の先まで藤枝の手によって綺麗に洗われた。時折、意味深に尻や脇腹を撫でられてそのたびにビクビクとしてしまい、下半身も反応してしまったが藤枝は何も言わなかった。

反対に、鳴海も藤枝の身体を洗った。広い背中から、厚い胸板。そして今から自分が口に含む部分まで。

藤枝のペニスも泡立てて洗うと反応してきたので、なんだか楽しくなってしまった。

（ぴくぴくするんだよなあ）

面白くてさらに弄ろうとしたら、まだ早いと叱られてしまい、身体についた泡をシャワーで流された。

「……」

「……」

「もう、いいですか？」

お互いに身体を洗って、風呂場の洗い場で向き合う。鳴海がそう問い掛けると、一瞬の躊躇《ためら》いの後、藤枝はああと頷いてくれた。

「気持ちが悪かったら直ぐに止めろよ」

その上、そんなふうに気遣ってもらい、鳴海は嬉しい気持ちのまいそいそと藤枝のペニスを掴んだ。座っている藤枝の下半身に顔を埋めるという格好だが、尻は反対側にあるのでペニスを見られるという恥ずかしさはない。

洗っている時よりも明らかに育ったそこは、両手で持ってもずっしりと重量感を感じる。

（どんな味がするんだろう？）

前回藤枝の指に付いてしまった自分のものは不味《まず》くて仕方なかったが、藤枝のものだったらもしかして味も違うのではないか？　そんな好奇心が先に立って、躊躇うことなく先端に舌を這わせてみた。たった今身体を洗ったばかりのせいか味というものは感じられず、ふんわりとボディシャンプーの香りがする。

（……大丈夫そう）

頑張ろうと思っても、実際に口を付けたら駄目だと挫折してしまうかもしれないとも思ったが、この分なら大丈夫だ。

鳴海はさらにペロペロと舐めながら、太い竿《さお》にも手を滑らせた。

「……くっ」

頭上から、色っぽい吐息が耳に届く。

(師匠、気持ちいいんだ)

藤枝を感じさせているということに気持ちが高揚したまま舌を動かした。本物のハムスターだったら体の違いもあり、こんなことは当然出来るはずがない。

藤枝にお返しが出来る姿で良かったとしみじみと思っていると、いきなり自身の下半身に触れてくるものがあって振り返ってしまった。そこでは、少し上半身を倒した藤枝が手を伸ばし、鳴海の両腿《もも》の間からペニスに触れているのだ。

(手、ながっ)

そんな体勢で自分の下半身に手が届くと思わなかったので驚いていると、大きな手のひらでクニュッと陰嚢《いんのう》を揉み込まれてしまった。

「んぁっ!」

「どうした? もう終わりか?」

たったそれだけで腰が砕けてしまった鳴海を笑う声に、これでは駄目だという意識がもたげてくる。あくまでも、鳴海が藤枝を気持ち良くさせたかった。

「はっ、あ、はぅっ」

コロコロと手の中で陰嚢を転がされている感覚に耐えながら、鳴海は握ったままの藤枝のペ

ニスを何とかもう一度口に含む。なんだかさっきよりも大きくなったような気がするし、先端部分からは苦い液が滲み出してきた。

これが何なのか、さすがに鳴海もわかっている。だが、この先走りの液が滲み出てくるということは相手が感じている証拠でもあるので、藤枝の手の動きに陥落しそうになる気持ちを何とか引き締めた。

(ここ、と、ここも……)

太い先端部分を親指で擦るように刺激し、竿の裏筋にも舌を這わせる。

技巧なんて一つもなく、熱意しか自慢出来ないが、それでも何とか射精に導こうと一心に愛撫を施した。

しかし、神の手を持つ藤枝の手淫に、次第に鳴海は愛撫が疎《おろそ》かになってくる。

散々弄られて張ってしまった陰嚢から離れた手が、そのまま竿に移動して逆向きに擦られ、先端部分を爪でカリっと引っ掻かれた途端、鳴海は呆気なく吐精してしまった。

「あぁっ……は……んぅ」

前屈みに座った状態だったせいで、自分のペニスから勢いよく精液が迸《ほとばし》る様子も見てしまった。あまりの衝撃に、藤枝のペニスを握っていた手に力を込めてしまう。

「……っ、ヒメッ」

手を離せと言われたが、鳴海は嫌々と首を横に振った。このまま自分だけがイかされたなんて情けなさすぎる。

（師匠を絶対にイかせる！）

なんだか勝負のような展開になった気もするが、鳴海は力の抜けてしまった手を必死に動かして藤枝の快感を高めようとした。

「遅かったな」

「……すみません」

午前〇時五分前。

他人のお宅に邪魔する時間にしては遅すぎる自覚はあったが、すっかり疲れ果てた鳴海には新里を気遣う心の余裕はなかった。

（師匠……頑張るんだもん……）

呆気なく果てた自分とは違い、藤枝はなかなか射精してくれなかった。舌や手を使っても勃ちはするが射精せず、しまいには口に銜《くわ》えてしまった。大きなペニスをすべて含むのは無理で、先端部分と少ししか銜えられず、満足な愛撫も出来なかった。

それでも、ようやく射精してくれたのは鳴海がイってから十五分近くは経っていて、その頃にはすっかり疲れた鳴海はまたもやすべての世話を藤枝にさせてしまう羽目になった。

（僕って……迷惑掛けっぱなし……）

濡れた髪を乾かしてもらい、脱いだ着ぐるみも着せてもらって、それからしばらくは藤枝の膝枕でウトウトとしていた。

ふと気づいた時にはもう〇時五分前で、鳴海は焦って部屋から辞したのだ。

それでも、慌てたせいか藤枝の顔を見ても恥ずかしさというのはあまり感じないままだったのは良かったのかもしれない。

「今日はどうだった？」

「……」

何も知らないはずだが、新里が言うと意味深でドキッとした。

「姫野？」

直ぐに答えなかった鳴海に、新里は名前を呼んでくる。今夜のことでさらに藤枝の違う顔……エッチな面も知って、鳴海の返事はこれに尽きた。

「……新しい師匠を発掘途中です」

「そうか」

妙に納得したように言う鳴海を、新里はふ〜んと口角を上げて頷きながら見ていた。

飼い方その六　躾はきちんとしましょう

【まさか、師匠と触りっこをするとは思わなかった。

遊び上手で経験豊富な師匠の指使いはまさに神業で、僕は大人の扉を開けてしまったような気がする。

さすが、僕の師匠、色々と……すごかった】

昨夜は思い掛けない展開に興奮し、観察日記も何時もの二倍の量を書いてしまって、朝は遅刻寸前の時間になってしまった。

もちろん遅刻といっても出勤時間には十分余裕があって、藤枝のマンションに行く時間がギリギリだということだ。

「あ」

（おはようございます、師匠）

何時ものようにエントランスから出てきた藤枝に心の中で挨拶をした鳴海は、自然に視線が下半身にいってしまう。スーツの上からではわからないアレを、自分の口で愛撫したなんてとても信じられない。それが、例え飼い主とペットの間のコミュニケーションの一部だとしても、両方が人間でなければ出来ないコトだ。

（考えたらすごいことだよな。恐れ多いことをしちゃって……罰《ばち》があたらないかな）

神様お許し下さいと祈りつつ、何時もと同じ地下鉄に乗り込んだが、今日はどうも頭の中がはっきりとしない。

「……眠たい」

普段から睡眠時間はあまりとっていなかったが、藤枝のマンションに通うようになってからそれはもっと顕著《けんちょ》になった。

いくら若さと情熱で乗り越えられるといっても、疲れは日々蓄積されてきたのかもしれない。

通勤ラッシュの混雑した中で、右左に揺れる電車。頭の中もクラクラとしてきた鳴海は、少しでも人の少ない方へと無意識に車両を移動していた。

「……姫野？」

「……れ？」

隣の車両にいるはずの藤枝の声がごく間近から聞こえてくる。

酷《ひど》く眠たい意識をふりしぼって視線を上げた鳴海は、今まさに人をかき分けながら近付いてくる藤枝を見付けた。

「……師匠……」

呆然とした小さな呟きはどうやら聞こえなかったようだ。

「お前、どうしてこの車両に乗っているんだ？　家は確かこっちの方じゃないだろう？」

「え……うわぁ！」

不意に車両が大きく揺れ、鳴海の身体も傾いだ。人の身体にぶつかって倒れはしなかったものの、そのまま振り回されてしまいそうになる身体を藤枝が抱きとめてくれる。

「大丈夫か？」

「だ……あ、あぅ……」

（ほ、本物の師匠だ……っ）

それまで、どこか夢心地だった鳴海は、強く腰を抱かれたことでこれが現実だと気づいた。

本来、ここで会ってはならない自分の姿を隠すことなど今更出来ず、走っている電車の中のこれほどの込み具合では逃げることもままならなくて、鳴海はグイッと上半身を反らすだけで精一杯だ。

そんな鳴海の態度をどう思ったのか、それまで純粋に心配そうな表情だった藤枝の眉間にたちまち皺が寄る。

「……あ、あの、もう、大丈夫、です」

言外に手を離してくれと訴えても、ますます腰を抱いてくる手には力がこもった。

「大丈夫のように見えない」

「ほ、本当に大丈夫です」

素のままの姫野鳴海の姿では、やはり藤枝と面と向かうのは恥ずかしくて視線を逸らしたままで言うが、結局降りる駅までその体勢は変わらなかった。

「……」

「……」

(は、走って逃げたい……)

駅に着くと、ようやく腰に回った腕は離してくれたが、そのまま別行動するということは出来なかった。

「同じ会社に行くんだから一緒に行こう」

そう言われて、むげに振り切るわけにもいかない。

ただ、肩を並べて歩くというのはどうしても出来ず、鳴海は少しだけ藤枝の後ろを付いて歩くことにした。

昼間、こんなに間近で彼の姿を見ることが出来るなど幸せでたまらない一方、この状況では彼と共に自分の姿が周りの視界に入ってしまうのではないかと心配になる。

(僕なんかが側にいたら、師匠の価値が下がっちゃうよ)

ランクがあまりにも違いすぎるし、鳴海自身珍しい取り合わせだと好奇の視線を寄せられるのにも緊張して疲れた。

そんな鳴海に、それまで黙って歩いていた藤枝が話し掛けてくる。

「どうしてあの電車に乗ってたんだ？」

どうやら藤枝は、この短い距離の間に鳴海の行動の謎を推理していたようだ。

「姫野」

もう駄目だ。明日からはもう、朝から藤枝のマンションに行くことは止めなければならない。

今日のことで藤枝も周囲に気を配るだろうし、敏《さと》い彼に見付からず行動を監視するのは至難の業だ。

「おい」

いや、それとも道ではなく、近くのビルの非常階段から見つめることくらいはいいかもしれない。あの辺りの地理（藤枝の行動範囲）は調査済みなので、絶対に無理だということはないと思えた。

「姫野、聞いているのか？」

「あっ、す、すみません」

明日からのことをまず考えていた鳴海は反射的に謝り、足も止まってしまった。どちらにせよ、気持ち悪いと思われたらそこでお終《しま》いだ。

「……明日からは、待ち合わせするか」

「……え？」

藤枝の反応を緊張して窺っていた鳴海は、いきなり提案された思い掛けない誘いに一瞬反応が遅れてしまった。

「お前と俺の家からの距離を考えて、合流する駅で待ち合わせて一緒に会社に行こう」

「し……藤枝、さん？」

慌てて見上げた先の藤枝の視線の中には嫌悪の色はなく、反対に少しだけ照れ臭そうな様子が見える。

「いいな？」

「あ、はい」

念を押され、勢いで頷いてしまう。だが、きっと明日からは観察どころではなく緊張するばかりだろう。

（でも、朝から一緒にいられるなんて……う～っ、幸せすぎて、何か罰があたりそう！）

＊　＊　＊

電車の中で姫野を見掛けた時は本当に驚いた。

最初は様子のおかしいことの方が気になって、姫野がこの電車に乗っている意味など頭の中になかったが、会社に着くまでの時間ずっと考えていると一つの疑問が生まれてしまった。

この電車は姫野の実家の方向とは違うはずで、むしろ遠回りになるはずだ。そんな電車になぜ彼は乗っていたのか。

自惚《うぬぼ》れかもしれないが、その答えは一つのような気がした。

姫野は、藤枝に会いに来た。

それが今日だけなのか、それとも別の日もそうなのかはわからないが、毎日必ず自分の後から出社する姫野の姿を思い出せばそれは事実に思えた。

「先に医務室に寄ってこい。課長には遅れてくると伝えてやるから」

少し調子が悪そうな姫野を医務室にやり、藤枝はエレベーターへと乗り込む。

昨日の今日で、構えずに話せたことにホッとした藤枝は、頭の中に先程の電車での姫野の姿を思い浮かべた。

名前を呼んだ時、大きな目を丸くして自分を見上げ、口元はポカンと開いていた。妙に子供っぽい表情の中の、少しだけ厚い小さな唇。あの唇に昨夜ペニスを銜えられたのかと思うと不謹慎にも下半身が熱くなるような気がした。

まさか、本当にまさかだった。

昼夜の差が激しすぎる姫野に、真っ直ぐに自分を見てもらいたいと思ってわざとハムスターのように扱った。姫野がこの状況はおかしい、ちゃんと人間として見て欲しいと思うように、嫌がりそうなこともした。

だが、藤枝が思っていた以上に柔軟な思考の持ち主だった姫野は、藤枝の言葉に従順に従うばかりか、それ以上の行動をとったのだ。

（普通……男がアレを銜えるか？）

同性でセックスする者がいることは理解していたつもりでも、まさか姫野がと内心かなりの衝撃を受けた。そして、それを嫌悪もなく受け入れてしまった自分にも……。

「藤枝」

その時、後ろから声を掛けられた藤枝は足を止めて振り返る。そこには、口元に笑みを含んだ新里が立っていた。

「……おはようございます」

「おはよう。昨夜も、可愛いペットに癒されたか？」

彼が少し面白がっているふうなのは仕方がないと諦められるが、それでもその言い方は姫野の行為を馬鹿にされているようで面白くない。

どうせ、かなりの詳しさで自分たちのことを知っている新里に誤魔化すこともないと、藤枝は真っ直ぐに視線を向けて頷いた。

「ええ。十分癒されましたよ」

「ふ～ん」

意味深な笑みを浮かべる新里は、まるで自分たち二人の間で何が起こったのか見てきたかのように訳知り顔だ。

「ちゃんと、可愛がってやったのか？」

この場合のペットというのは姫野のことだとわかった上で言っているはずで、だとしたら可愛がるという言葉をそのままの意味にとってもいいのか迷う。

そう考えた藤枝の脳裏に、夕べの姫野のぎこちないフェラチオが浮かび、同時に自分も小ぶりなペニスを弄ったことも続けて思い出した。

（あれも……可愛がったって言うだろうか……？）

姫野の気持ちはどうあれ、藤枝は遊びやからかい半分で手を出したつもりはない。すべてを知っているような新里に自分たちのずれた思いまで知らせる必要はなく、それだったら、少しでも姫野との関係に余裕があるのだというところを見せ付けてやりたかった。

「……もちろん、可愛がりました」

一瞬新里の反応を考えて身構えたが、彼はそうかと言って先に歩き始める。肩透かしに合ったようで、藤枝は眉間に皺を寄せた。

＊　＊　＊

（師匠って……結構、意地悪かも）

鳴海は洗面所の中に二人きりという今の状況に冷や汗が流れる思いだ。

会社の洗面所ならば広さもあるし、逃げ出すことも可能だが、ここは来週引き渡しのマンションで、今いるのはモデルルームの洗面所だった。

寸法の確認をしたいという藤枝の言葉をうのみにし、業者と別れて二人だけでこのモデルルームに入った。

そこまで、鳴海はまったく藤枝の言葉を疑ってはいなかったのだ。

「ヒメ」

ポケットからメジャーを取り出そうとした鳴海の手首が、声と共に摑まれた。

同時に、壁に背を押しつけられ、後頭部がこつんと壁に当たる音がした。

「ふ、藤枝さん？」

《ヒメ》……それは、夜にマンションを訪ねた時に呼ばれる愛称で、昼間の自分に向けられる言葉ではないはずだ。

「こ、こ……部屋じゃ……」

「ヒメがどんな時でも俺が一番なのか知りたいんだ」

「ちょ……んむぅっ」

疑問を口にする間もなかった。

いきなり藤枝の顔が視界いっぱいに広がったかと思うと、そのままムニッと唇に何かが触れる。

（ちょーっとーっ！）

すぐに離れていったそれは、またチュッと重なる。何度も何度も角度を変えて触れてきたかと思うと、今度はペロッと唇を舐められてしまった。

（うわわぁぁぁ〜！）

ヒメではない今、藤枝にそんなことをされるなんて考えもしなかったが、それでも、その腕を摑んだり胸を押し返したりして引き離すことは出来なかった。鳴海にとって藤枝に抵抗するということ自体、頭の中にないのだ。

（ど、どうしよっ）

柔らかな唇が触れて、舌で舐められて。固く口を閉ざし、ただ受け入れるだけで息までも止めていた鳴海は、少しすると急速に息苦しくなってしまった。

出来るだけ我慢して我慢して、藤枝が満足するか飽きるまで待とうと思ったのに、どうしても息がしたくなって口を開ける。

クチュ。

すると、まるでそのタイミングを待っていたかのように口の中に何かが入ってきた。生温かくてうねうねとして……まるで軟体動物みたいなそれが気になってしまい、薄く目を開けた鳴海は、ドアップの藤枝の顔を見てしまう。

（師匠の顔がこんなに近いってことは……まさか、まさか……）

ようやく、今自分の口腔《こうこう》の中をクチュクチュと我が物顔に暴れているのが藤枝の舌だとわかって、鳴海は今度こそ全身が硬直した。

お互いの性器を弄ることまでしているのに、考えたらこんなキスをするのは初めてだ。

それが藤枝の部屋ではなく、何時でも第三者が覗ける部屋だということに、鳴海の神経はさらに過敏になった。

（み、耳っ、耳ないし！）

今キスをしているのはヒメではなく、鳴海だ。着ぐるみは無理でもせめて耳だけは付けさせてもらわなければ羞恥で死にそうだと内心悶えていても、藤枝は一向に蹂躙《じゅうりん》を止めてくれなかった。

今まで誰とも付き合ったことのない鳴海が初めて経験する深いキスは、気持ちが良いという前に苦しくて仕方がない。このまま窒息させられるかもしれないという恐怖さえ覚えそうになり、さすがに震える手で藤枝の胸を押し返そうとした時、

「……はっ」

ピチャッという水音を立てながら、ようやく藤枝のキスから解放された。

「はっ、はっ、はー……ゴホッ、ゴホッ」

途端に胸一杯空気を吸い込み、次の瞬間咽《むせ》てと、一人賑やかにしていた鳴海の背中を、藤枝が何度も撫でてくれる。唇の端から飲み込めなかった唾液が顎を滴り落ちるのがわかって、鳴海はのろのろと上げた手の甲でそれを拭《ぬぐ》った。

その間も休まず撫でてくれる、先程まで呼吸もさせてくれないキスをしていた本人とはとても思えない優しい手。

きっと、ハムちゃんを撫でていただろう手と同じだろうと思うと同時に、この手に自分のペニスを弄られたのだと思い、さらに鳴海の心拍数が上がる。

静まり返った部屋の中に、自分の荒い息と早鐘《はやがね》を打つような心臓の鼓動が響いている気がして、鳴海は藤枝の腕の中で出来るだけ身体を小さくしようと身を竦《すく》めた。

そんな鳴海の耳に、小さな声が届いた。

「……参ったな」

「……」

(師匠?)

後悔をしているというよりも、呆れたといった声。しかし、それが鳴海に向けられたものではないとすぐに感じた。

「……ちょっと、我慢が利かなかった」

「が、我慢?」

「そう」

「うわっ」

抱きしめられた腕にさらに力がこもる。ハムスターになった時にもされたが、普通に洋服を着た状態で偶然ではなく意図的に抱きしめられるのは初めてで、鳴海はついさっきキスに戸惑っていたことも頭の中から消えてしまい、うっとりとその感触に浸ってしまった。

(師匠……やっぱり、いい身体してる……)

すっぽりと腕の中に抱きしめられるのは気持ちいい。しなやかな背中のラインを堪能するように指を走らせると、頭上からうっと声が漏れた。

この肩甲骨も完璧と思いながらうっとりと目を閉じれば、ますます強く抱きしめられる。

「ホント……よくわからない奴」

今度は苦笑交じりの言葉になったが、この機会に藤枝の筋肉を堪能しようと思っていた鳴海の耳には届かなかった。その様子に気づいたらしい藤枝は、再び小さな声で呟く。

「もっと深く知るためには……どこまですればいいんだろうな……」

「……」

(深く?)

ふと耳に残った言葉に、鳴海は自分も胸の中で同じように呟いていた。

藤枝の部屋の中でではない、思い掛けない接触。その行動や言葉の意味はわからなかったが、鳴海にとっては戸惑う一方でなんだか胸の中がうずうずとする気分だった。

ペットのヒメとして藤枝に可愛がられるのとは違い、人間としての自分が特別な存在だと思えて……そのことはどうしても観察日記に書くことが出来なかった。

「こんばんは」

着ぐるみを着て藤枝の前に立っている今も、まだ少しペットになりきれていない気がする。それを誤魔化すように、鳴海は藤枝に笑い掛けた。

「昼間は、悪かった。……それに、昨日……気持ち悪くなかったか？」

鳴海の気持ちなどわからないだろう藤枝は、リビングのソファに座る早々、唐突にそんなことを聞いてくる。まったく考えてもいなかったことに、即座に藤枝の心配を払拭《ふっしょく》した。

「全然！　触ってもらうのは嬉しかったし、すっごく気持ち良かったです！」

藤枝にされることで嫌なことなど一つもないのだと訴えてきたつもりだが、まだまだそれが足りなかったのかもしれない。

拳《こぶし》を握り力説した鳴海に、藤枝はようやく今日初めての笑みを向けてくれた。

「……そっか」

「そうですよ！」

昼間はともかく、昨夜のことは藤枝に触れてもらったこと自体が嬉しくて、始終顔がニヤケてしまったくらいだ。

鳴海が脳内で回想をしていると、いきなりコロンと後ろに転がされてしまった。

「……え？」

「嫌じゃなかったんなら、もう少し念入りに可愛がってもいいか？」

言葉と同時に当然のように着ぐるみを脱がされ、耳にはしっかりとハム耳を付けられた状態になったかと思うと、悪戯な手は下着までをずらし、そのまま藤枝にパクンとペニスを銜えられてしまった。

「うわぁ！」

昨夜自分もした行為だが、するのとされるのでは当然のようにまったく違う。何より、崇拝する藤枝にペニスを銜えられたことが衝撃だった。

「やぁっ、んふぅっ」

しかし、その頭を引き離す強い理性は鳴海にはない。藤枝に対しておこがましいという気持ちは強いのに、滑《ぬめ》った口腔に先端だけではなく竿の大部分まで銜えられ、ジュプジュプと水音を立てながら扱《しご》かれる快感に気が遠くなりそうだ。

（か、神の、口だぁっ）

素晴らしい手淫をする手も神の手だと思ったが、感じるツボを漏れなく押さえる口淫もまさしく神がかりと言える。

（師匠っ、どこで、こんな修行を……っ）

彼がそれまで男相手にこんな真似をしているとはとても想像出来ず、これは藤枝自身がしてもらったことをそのまま体現しているとしか思えなかった。

「ふぇっ、やっ、も……っ」

手でされた以上に、恥ずかしいほど呆気なく射精感が襲い掛かる。さすがに口の中で吐き出すことは出来ず、鳴海は力の入らない手で藤枝の髪を引っ張った。

だが、そんな抵抗が面白くなかったのか、腰を支えていた手が伸びてきたかと思うと、両手を一つにされてソファに縫い留められる。抵抗出来ない……いや、しようとする気力がなくなった瞬間、鳴海はピクピクと腰を震わせて精を吐き出してしまった。

されるがままで何も出来なかった自分が情けなく、鳴海はじんわりと涙を浮かべる。

唇を白く汚した藤枝は、乱暴に手で口を拭うと馬鹿と言った。

「嫌なら、もっと激しく抵抗しろよ」

「し……」

嫌じゃないから困っているのだと、どうして頭の良い藤枝は悟ってくれないのか。

鳴海が泣きたくなったのは自分が何も出来なかった悔しさに対してと、自分よりも遥かに上手《うま》かった藤枝の口淫に対しての嫉妬《しっと》だ。

気持ち良くしてあげたいと思っているのに、自分の方がさらに気持ち良くされて、これ以上どうしたらいいのだろうと迷うばかりだ。

（おんなじように、もっと口で上手に出来るように練習するしかないってこと……？）

これ以上の気持ちがいい行為なんてあるはずがないと思った鳴海は、

「ひゃあっ？」

ペニスの下、二つの睾丸のもっと奥に、つっと指が触れる感触がして思わず声を上げてしまった。

「し、師匠っ？」

「……ここに、しっぽがあったら完璧だったな……」

「！」

（しっぽ！　た、確かに、しっぽがないっ！）

着ぐるみはもちろんしっぽ完備だが、脱いでしまえばつるんとした尻しか見えない。初めて彼に全裸を見せた時はとても気になっていたはずなのに、今はそんなことを考える余裕などなかった。

（こ、これじゃあ、ハムちゃんを可愛がっている気分にはなれなかったかも……）

人間とハムスターの根本的な違いが頭の中から抜け落ちた鳴海は、自分の不備に愕然《がくぜん》とした。

しかし、どうすればしっぽを付けることが出来るのか。まさか、腰から紐で下げるなんていうのは絶対に違う。

「ヒメ?」

悶々と考えている鳴海の柔らかな腿に、硬いものが当たった。位置からいってこれは藤枝のペニスだ。

(ぼ、僕もしなくっちゃっ)

「失礼しますっ」

鳴海は自分でも驚くほどの機敏さで起き上がると、自分の上に圧し掛かってきている藤枝の身体をそのまま後ろに倒す。

体験をして、どこをどうすれば気持ちが良くなるのかわかった気がした鳴海は、しっぽの問題は置いておいて、まずは藤枝を気持ち良くさせなければならないという使命感に燃えた。


「また今日も遅いな。おい、鳴海」

「お風呂!」

午前一時近くに帰宅した鳴海は、そのまま風呂場に飛び込んだ。藤枝のところでまたまたシャワーを浴びさせてもらったが、どうしても裸になって確かめたいことがあったからだ。

「よよっと」

素早くスーツを脱いで浴室に飛び込んだ鳴海は、そのまま洗い場にペタンと尻をついて両足を広げてみた。百八十度……開かない。

「く……い、いた……っ」

しかし、どちらかといえば身体の硬い鳴海は、その体勢になってもなかなか尻の奥、いわゆる肛門の様子が見えない。もちろん、好んで見たい場所ではないが、先程の藤枝の言葉が頭の中に残っていて、どうしても自分自身で見て確かめたかったのだ。

「あそこにしっぽを入れるしかないもん……っ」

裸ではどうしても紐の類《たぐい》は目立つので、尻に直接しっぽを取り付けるしかない。ペッタンと吸盤が肌につくわけでもないので、尻の穴……つまり、肛門に、先が棒状になっているものを入れてしっぽに見せるしかないと考えた。

「……入るのかな？」

鳴海は自分の右手を見、思い切って肛門の表面を撫でた。だが、乾いているそこは固く閉じられていて、針の先ほども何も受け入れようとはしない。

「何か、滑りがいいものは……」

風呂の中を見回した鳴海はボディソープに目を留めるとそれを手のひらに垂らし、じっくり泡立たせてから再び右手で尻の穴に触れてみた。

「ん……ふっ」

先程とは違い、妙にヌルヌルとした感触がこそばゆい。背中がザワザワとして、気がつけばペニスが緩やかに勃ち上がっていた。

数少ない自慰では弄ることのなかったそこに触れるだけでこんなにも感じる。ただ撫でているだけなのにこんなふうになるなんて信じられなかった。

いや。

『ヒメ』

今夜、藤枝が触れたことを身体は覚えているのだ。

「し……しょっ」

新たな快感ポイントの発掘に、鳴海は誰にも見られていないのをいいことにさらにそこを自分で弄る。

「こ、こんなん、じゃっ、しっぽ……つけられない……っ」

指先を少し入れただけで感じて射精していたら大変だ。感じないように、いや、感じても射精感をコントロール出来るように、鳴海は重い腕を何とか上げて再び尻の穴をなぞった。

(師匠の、手……あ、あれが、触ってくれた、らっ)

ペニスを弄ってくれた彼の指がここに触れたら、多分今よりももっと気持ちがいいはずだ。

(で、でもっ、ペットって、そこまでし、ない……っ?)

人間と、ハムスター。

男と、オス。

自分の中で否定するポイントを挙げていくが、それらは簡単に覆《くつがえ》せるものばかりだ。

自分は、人間で、同性でも、キモチいいことは出来る――。

（だ、だってっ、僕……っ）

「師匠の、ことっ、大好き、だし！」

声に出して言うと、手の中のペニスがさらに勢いづいたのがわかる。

身体は、心以上に正直だ。

今の今まで藤枝への気持ちは純粋に尊敬だと信じ込んでいた心は、彼の手であんなにも感じたわけまでは思いついていなかった。いくら尊敬していてもあんなことまで許してしまったのは、鳴海が藤枝を好きだからだ。

そう、好きな相手だからこそ何でも許せるし、気持ちがいいのだ。

「んんぁっ！」

そう思った途端、穴の中に人差し指の先だけがめり込む。その瞬間、鳴海は呆気なく射精してしまった。

（ぼ、僕って……）

飼い方その七　愛情はたくさん注ぎましょう

【すっごい大発見！　僕って、師匠のことが好きなんだ！　だから、あんなふうに触ってもらって、信じられないくらいに気持ちが良かったんだ～。

その上、師匠をオカズにしちゃうなんて～っ。僕ってなんてエッチなんだろ。

こうなったら、僕の愛情と情熱で、今以上に師匠を喜ばせて幸せな気分にさせてあげたい！

それには、師匠も気にしていたしっぽだけど……人間の身体にしっぽがないわけが昨夜よくわかった気がする。普段は排泄にしか使わないだろうけど、仮にここに何かを入れようとしたら絶対に感じちゃうはずだ。

僕の身体の方が先に暴走しないようにするには、師匠の前で裸にならないようにしたらいいのはわかってるけど、グルーミングしようって言われたら絶対に断れないし、僕の方が触って欲しいし。

とにかく、せめて指一本くらいは入るようにって頑張ってみたけど、指先を入れちゃうと、もう怖くて先に進めなくって……挫折。

ハムちゃん、どうか僕のお尻に立派なしっぽが生えるように助けて下さい！】

「……クシュッ」

大きなくしゃみをした鳴海は、自室のベッドの中から天井《てんじょう》を見上げた。

「師匠を見られないなんて……ショック……」

昨日、藤枝のマンションでシャワーを浴びてスクーターで帰宅した上、家でも長風呂に入った。しかもそれは湯船に入るわけでもなく、藤枝への気持ちを自覚した上で、しっぽを生やすために洗い場で尻の穴を広げようとすることだけを目的とした時間だった。

結果……朝起きると全身が痛く、身体も熱くて、起き上がることが出来なかった。いわゆる、風邪というやつである。

自業自得だとはいえ、どうして風邪をひいたかなど理由を父に言えるはずもなく、かといって頑張って会社に行こうにも足元がふらついた。

それでも、這ってでも家を出ようとした鳴海は父にベッドの上に押し倒され、口がくっ付いてしまいそうなほど間近から睨まれた上、大人しくしていろと念を押された。

「いいか、鳴海。俺が帰ってくるまで大人しく寝てろよ」

父が無理矢理測った体温計は三十八度を越していて、そのまま会社に欠勤の電話まで掛けられる。

さすがに元ヤンキーの父に逆らうことは出来ず、仕事に行く父を部屋から見送った鳴海だが、それでもベッドの中で昨日の日記はつけた。

「あ〜……ヒマ」

昼食を食べるのも面倒臭くてずっとベッドに横になっていたが、いい加減退屈で仕方がない。まだ《尻の穴にしっぽを入れるために穴を広げる大作戦》は継続中で、このままベッドの上で試そうかとパジャマのズボンに手を掛けた時、玄関のインターホンが鳴った。

「……父さん？」

まさか、心配して仕事途中に帰ってきたのかと思ったが、父ならばインターホンを押さずに勝手に入ってくるだろう。

パジャマのままだったがドア越しに対応すればいいかと思い、鳴海は二階の自室から一階に下りて玄関に向かった。

「どちらさまですか」

「……姫野か？」

「……え……？」

確かめるような声に、鳴海の動きは止まった。

（ど、どうして、師匠の声が……っ？）

自宅に藤枝が来ることなど考えもしなかった鳴海はさすがに動揺し、どうしようかとワタワタとその場を歩き回る。

「姫野だろ？」

頼りになる着ぐるみは新里の部屋にあるし、何より藤枝への自分の気持ちを自覚した直後とあって猛烈な恥ずかしさが襲ってくる。

（お、お茶菓子、あったっけっ？）

パニックのままどうでもいいようなことを考えてしまい、どう歓待したらいいかと思うと同時に、このまま藤枝を待たせてはいけないという気持ちも生まれて、鳴海は反射的にドアを開け放った。

「い、いらっしゃいませっ、師匠！」

「……元気そうだな」

スーツ姿の藤枝は、鳴海の顔を見るとホッとしたように表情を緩める。もしかしたら心配してもらったのだろうかと幸せな思いに浸っていると、不意に眉を顰《ひそ》めた藤枝が玄関の中に入ってきた。

「どんどん顔が赤くなってる。熱が上がってきてるのかもしれないな」

「だ、大丈夫です」

「部屋はどこだ？」

そう訊ねながらも靴を脱ぎ、軽々と鳴海の身体を横抱きに抱きあげる。

「あ、あのっ？」

（なぜに、この体勢なんですかっ？）

「見舞いに来たんだ、世話をさせてくれ」

「み、見舞いって、仕事は？」

「……抜け出してきた」

「ええーっ？」

普段の藤枝からはとても考えられない言葉に、鳴海はただ驚きの声を上げるしかなかった。

その間も言葉通り二階のベッドまで運んでくれた藤枝は、そのままキッチンを借りるぞと言って部屋を出ようとする。

お茶をと言って起き上がりかけた鳴海はじろりと睨まれ、大人しく寝ていろと釘を刺された。

能力は置いておいても皆勤賞だった自分が唐突に休んでしまい、それを心配して様子を見に来てくれたのかもしれないが、真面目な藤枝だったら終業後に来ても良さそうなものだ。

（僕、何か失敗してたのかも……）

鳴海自身はまだそれほど多くの仕事を抱えてはおらず、もっぱら課の先輩たちのサポート的なことをしているが、その中で直ぐに訂正を求められるような失敗をしたのかもしれないと思った。

トントン。

しばらくすると、律儀《りちぎ》にドアをノックする音が聞こえ、藤枝が中に入ってくる。

自分の部屋にあの藤枝がいるということが不思議でたまらなかったが、その彼が手に持っているものにも違和感があった。

「キッチン、勝手に使わせてもらった。お前、昼飯食ってないだろ」

「え、えっと……面倒、で」

鳴海は俯《うつむ》いてシーツに視線を落とす。やはり素顔に藤枝の視線を感じるのは恥ずかしい。

「食べられるか？」

「あ、あの」

「それとも、ふーふーして食べさせてやろうか？」

とんでもないことを言われ、鳴海は慌てて手を差し出した。

ベッドに起き上がった鳴海の膝の上に慎重に置かれたトレイの上には、湯気が立ち上っているチャーハンがある。病人に中華……しかし、藤枝の料理に三つ星をつけている鳴海にとってはおかゆやうどんよりも遥かに病気に良い料理だった。

「い、いただきます」

手を合わせて口に運ぶと、少しだけペッチャリとしたレタスとベーコンのチャーハンが口の中を踊る。

「お、美味しい……っ」

「そうか？　本当だったらおかゆとかがいいんだろうが、お前ならこっちの方が元気が出るかなと思って……」

自分の選択をどう受け取られるか心配していたのか、藤枝は明らかにホッとした表情になっている。

ネクタイをシャツのポケットに入れ、袖も肘辺りまで捲《めく》り上げて、自分のベッドの端に腰かけている藤枝は、見惚れるほどにカッコいい。

（完璧です、師匠……っ）

心の中で叫び、スプーンを銜えて悶えていると、コツンと軽く額が小突かれた。

「とにかく、食べろ」

「はいっ」

食欲はあまりなかったが、せっかくの藤枝の心遣いをむげには出来ず、鳴海はゆっくり、そして少しずつ口に入れ始める。

そんな鳴海をしばらく黙って見ていた藤枝がぽつりと言った。

「……悪かったな」

「え？」

「俺のせいだろ、風邪をひいたの。風呂に入れたっていうのに、そのまま帰したりしたからお前……」

「ち、違いますよ！」

「ヒメ」

「師匠は全然悪くありません！」

風呂上がりにスクーターに乗ったのも、家に帰って風呂であれこれしたのも、尻の穴に入れるものを深夜まで家の中でゴソゴソ探したのも、全部自分の責任だ。

藤枝が謝罪することなど全然ないのだと、鳴海はスプーンを握り締めて力説した。

「昨日、帰ってからもお風呂に入ったんですっ。そこで長湯しちゃって！」

「長湯？」

「お尻の穴を弄ってたら時間が経っちゃったんです！」

「し、尻の……？」

「今はまだ指一本も入りませんけど、待っていて下さいねっ？　絶対に直ぐにしっぽを入れられるようにしますから！」

「……」

藤枝は悪くないのだということを力説するあまり、鳴海は自分が際どいことを言っているということに気づかない。

何時の間にか言葉数が少なくなってしまった藤枝の様子も、彼の顔がじんわりと赤くなってしまったことも、今の鳴海の視線の中では一切認識をされなかった。

＊　＊　＊

「本当にありがとうございました！　来週からは絶対に会社に行きますから！」

病人とは思えない元気な声で玄関先で見送られ、藤枝は早く寝ていろと笑って姫野の家を出た。

着ぐるみを着ている以外は何時も距離を置かれていたが、会社以外という環境で姫野もかなり地を出したのかもしれない。

そもそも、大人しい姫野とハジけている姫野の、どちらが本当の彼かはまだ藤枝には判別出来なかったが、どちらにせよ今の姫野が気になる存在だというのは変わらなかった。

いや、多分、気になるという言葉では片付けられない。藤枝にとって姫野はもう、自分の内側に入り込んできた特別な人間だ。

（それにしても……尻って……）

確かに昨夜、しっぽのことを言った覚えはあった。だがそれは、もちろん尻の穴にしっぽを入れて欲しいからではなく、姫野だったらそこまでしそうだなとふと感じたからだ。

裸の頭に丸いハムスターの耳、尻には細いしっぽがあったら……そこまで考えた藤枝は、馬鹿馬鹿しいことを考えても一向に自分のペニスが萎えないことに苦笑するしかなかった。

姫野に人間として向き合って欲しいと思ってわざと音《ね》を上げさせるためにペット扱いをしてきたというのに、今では例え飼い主とペットという関係でも好かれているのならばそれでいいと思っているなんて。

藤枝は角を曲がってから振り返る。屋根だけが見える姫野の家。今頃大人しく寝ているだろうか。また、馬鹿馬鹿しくも突拍子もないことを考えてはいないかと心配になった。

「……今日は来ないってことだな」

会社まで休んだのに、ハムスターとなって藤枝のマンションに来ることはまず出来ない。

多分、二、三日はあの楽しい時間はお預けだろう。

「……」

（……俺は、楽しんでたんだな）

昨夜、風呂から上がった藤枝は姫野に泊まるように言おうとした。何度もイかせたせいでくったりとしている様子の姫野をそのまま帰すのは心配だったからだ。

それでも、大丈夫だからと笑って出て行った姫野の後をこっそり追い掛けると、やはり彼は一階上の上司の部屋に入って行き、三十分後スーツに着替えて出てきて、何とスクーターで帰って行った。

ようやく姫野の行動パターンを摑んだ藤枝は、今朝直ぐに姫野を捕まえようとしたが、同僚から姫野が風邪で病欠をすると聞かされてしまった。

どうして風邪をひいたかなど、考えなくても直ぐわかる。

勝手に姫野を風呂に入れ、そのまま帰してしまった自分のせいだ。強引にでも泊まらせれば良かったと後悔すると止まらなくなって、とうとう現場に行くと嘘《うそ》をついて様子を見に行ってしまった。

『い、いらっしゃいませっ、師匠！』

病人にしては元気そうな姫野の姿を見てホッとし、食事の世話をしてやってから改めて姫野の部屋の中を見て……藤枝は柄にもなく照れた。

本棚にある本、コンポの横に置いてあるＣＤ、机の上に無造作に置かれていた帽子も、すべて自分が好きな作家やアーティスト、そしてブランドのものだったからだ。

姫野がハムのことを知っていて、いなくなったことに落ち込んだ自分を慰めるために着ぐるみを着て現れた時も不思議に感じていたが、もしかして姫野は藤枝が自覚している以上に自分に対してある種の思いを寄せてくれているのではないかと思ってしまった。

「……」

それを、気持ち悪いとは思わなかった。

相手が男だということも、着ぐるみを着たあの姫野の姿を見たらどうでもいいと思ってしまう。

ただ、姫野がどういった種類の思いを自分に向けてくれているのか予想がつかなかった。

師匠と口を滑らすのを考えれば、尊敬という意味が強いのかもしれない。先輩としたら、それは嬉しいと思えるものだ。

しかし、それでは物足りないと思う自分も確かにいた。

(俺はどうしたいんだ?)

姫野とどういう関係になりたいのか、今のまま、着ぐるみを着た彼とマンションで会うだけでいいのか。

「藤枝、千葉の現場はどうだった?」

会社に戻ると、直ぐに新里に呼ばれた。

課内ではなく喫煙室に連れて行かれると、そこにはちょうど誰もいない。

「……」

早速新里に口実に使った現場名を言われ、藤枝は言葉に詰まる。

「……すみません」

だが、直ぐに謝罪した。多分、新里には自分が何をしていたのかすべて知られているような気がしたからだ。

理由はどうあれ、仕事を放棄した自分に一〇〇パーセント非がある。

案の定、そう言うと新里の目が細められた。

「風邪は酷そうか?」

「……いいえ。案外元気そうでした」

新里は姫野の名前を出さなかったが、藤枝の行動が姫野のためだということを完全にわかっている。だから事実を隠すことなく伝えると、新里はいきなり核心をついてきた。

「昨夜は洗ってやったそうだな。……毛並みはどうだった？」

「……っ」

そして、やっぱり昨夜のことも知られているようだ。

多分、姫野がすべて話したのだろうと思うと深い溜め息が零《こぼ》れるが、新里にかかっては姫野のような子供から話を聞き出すことなどたやすいだろう。

どうせ知られているのなら、堂々と今の気持ちを言った方が自分らしい。

「俺にとっては上等でしたよ」

まだ子供のように丸みが残り、手触りが良い肌のことも、湯の熱さのせいか照れのせいなのか、見る間に全身赤くなって射精する様も、普段の姫野からは想像出来ないほど思い掛けないドキッとした艶やかさを感じさせた。

その反面、言動は驚くほど突飛で、笑みが漏れる。

そんな感情が合わさって可愛いと思う藤枝自身の感覚も少しずれてしまったのかもしれないが、そんなふうにしか思えないのだ。

「……」

その言葉を聞き、新里が少し目を瞬《まばた》かせた。どうやら、藤枝が赤裸々に思いを口にするとは思わなかったようだ。

「ああいうのが好みか?」

「課長も、そう思っているんじゃないですか?」

藤枝の部屋にやってくる前と、その後。

姫野が向かった新里の部屋の中で二人が何をし、話しているのかはわからないが、新里が姫野を気に入っているのは確かだ。

「藤枝」

「はい」

「俺は気に入った相手を苛《いじ》めることも、からかうことも好きだ。だが、アレは私の好みじゃない」

それまでのからかう調子から一変、妙に真顔で新里は言う。

冷静に考えたら随分姫野に対して失礼な言葉だが、それを聞いて藤枝は心底ホッとした。

「愛玩《あいがん》動物は愛《め》でるもので、少なくとも私は欲情しない。お前はどうだ?」

その問いに、藤枝は直ぐに答えが出なかった。

それを口にしたら、もう引き返せないとわかっているからだ。

しかし、否定も出来ない。自分はペット相手に欲情しない常識人だと言い張るには、ペットになりきっている姫野相手に際どい戯れまでしている。

ハムスターだと言い張る姫野をどうしても人間だと認めさせたいと思っていたはずなのに、

いつしか自分の方が暴走してしまって……。

（……俺……）

藤枝は、今この瞬間はっきりとわかった。単に同じ目線で姫野と向き合いたいのではなく、好きだから向き合いたいのだ。

どんなことをしても、それがたとえ卑怯な真似だとわかっていても、健気《けなげ》なほど自分を慕ってくれるあの存在をすべて手に入れたいのだ。

そこまで考えた藤枝は、改めて新里を見据えた。

「……今後、あいつに変なことは吹き込まないで下さい」

「変なこと？」

「これからは俺が面倒みますから」

それがどういった意味なのか、新里は直ぐにわかったようだ。

「物好きだな、お前」

「自分でもそう思います」

相手は男で、しかもかなりややこしい考えの持ち主だ。普通ならば側で見ていて楽しむのがせいぜいかもしれない。

それでも、藤枝は姫野の一番側にいたいと思った。自分以外の男といるのが面白くないほど、既に嵌まってしまっている。

「……姫野の作戦勝ちだな」

それが、着ぐるみのことを言っているのは見当がついたが、藤枝はいいえとはっきりと首を横に振ることが出来た。姫野の行動は、絶対に計算でしているわけではないとわかっているからだ。

確かに、藤枝が姫野に目を向ける切っ掛けにはなったかもしれないが、今回のことがなかったとしてもいずれ……それにはまだ少し時間が必要だったかもしれないが、あんなにも真っ直ぐに自分のことを見ていてくれる視線に気づかないはずがない。

今だから言えることかもしれないが、藤枝はそんな都合の良い自分の気持ちを素直に受け入れていた。

「藤枝、あいつは少し変わっているからな。ペットだと思って手懐《てなず》けた方が話は早いかもしれないぞ」

「姫野は人間ですよ」

それは言い過ぎではないかと眉を顰めるが、新里は笑みを深くする。なんだか自分まで子供扱いをされているような気がして、さらに皺が深くなった。

「そうだな。さすがに、ハムスターとはセックス出来ない」

「……っ」

（この人はいったい何を……っ）

風呂の中での欲情をズバリと言い当てられた気がして一瞬息をのんだ藤枝に、新里はさらに追い打ちを掛けるように続けた。

「ああいう、一方にしか感情の揺れがない奴をその気にさせるのは大変だぞ。あいつよりも年食ってるんだ、お前も狡《ずる》い男になってみたらどうだ?」

「課長……」

「まあ、お前が我慢出来るなら、当分ペットごっこでもしてるといい」

出来るかと目線で問われた藤枝は、直ぐに返事をすることが出来なかった。


仕事を途中で抜け出した分残業を言いつけられ、藤枝がマンションに戻ってきたのは午後九時を過ぎた頃だった。

仕事をしていても姫野のことを考え、それに合わせて新里の言葉も浮かんできて、今日は何時もの倍疲れた気がする。

風邪で会社を休んだ姫野も今日は来ないはずだ。食事も外で簡単に済ませてきて、あとは寝るだけだなと思いながらエレベーターを降りた時だった。

「!」

自分の部屋のドアを背に、真っ白い物体が座り込んでいた。

「姫野っ？」

まさか、姫野が今日来るとは思わなくて急いで走り寄ると、藤枝の言葉に立ち上がった姫野がこんばんはと頭を下げてきた。

「お前……熱は？」

「下がりました！　ご主人様の看病のおかげです！」

「いや、俺は……」

看病らしい看病なんてまったくしなかった藤枝はその言葉に首を横に振るが、姫野にとっては藤枝が見舞いに行ったという事実が大事らしい。

「僕、あの後も嬉しくて眠れなくって。そうしたら、どうしても会いたいって思っちゃったんです！」

姫野らしいと素直に思える反面、病み上がりだということも気になる。藤枝は急いで鍵を開けると中へと招き入れた。

「……でも、課長は止めなかったのか？」

「え？」

「その着ぐるみ……あー、いや、うちに来る準備は課長の部屋でしていたんだろう？」

病欠をした部下をなぜ宥めて帰さなかったのだろうと眉を顰めれば、姫野はすごいと声を上げる。

「どうして僕が課長の部屋に行ってるってわかったんですかっ？」

「……俺は、お前の飼い主だろう」

まさか、姫野の知らないところで新里と話をしたことや、昨夜は後を付けたのだとは言い難く誤魔化すと、直ぐにそっかあと同意してきた。社会人二年生ともなればもう少し人の言葉に疑いを持ってもいいと思うものの、この素直さがないと姫野らしくない。

（会社での態度だけを見ていたら気づかなかったが）

早く確かめたかった。姫野の思いは純粋に尊敬の念だけなのか、それとも少しでも欲情を伴ったものなのか。

自分の方が先に欲望に気づいてしまった藤枝も、セクシャルな感情を持たない男相手に自分の気持ちを押しつけることは出来ない。

そのまま姫野をリビングのソファに座らせると、藤枝は自分もその隣に腰を下ろした。

わざと身体が触れるほど近くに座ると、姫野は顔を上げる。真っ直ぐな眼差しに、藤枝は降参したように苦笑した。

さらに距離をつめて腰に手を回そうとしたが、着ぐるみのせいでどうしてもちゃんと抱き寄せられない。

ただ、今脱がしてしまえばそのまま流されるように押し倒してしまいそうなので、藤枝は手触りの良い着ぐるみを支えるように手を置いた。

「あの、脱がなくてもいいんですか？」

何時もと違う藤枝の様子に気づいたのか、姫野が戸惑ったように首を傾げる。

開いている顔の部分、見えている前髪が眉毛に沿って切り揃えられているのが会社での姿に重なって、藤枝は思わずプッと噴き出してしまった。

「まさかなあ」

「は？」

「本当に、お前で癒されるなんて思いもしなかった」

何時の間にかするりと心の中に入ってきた姫野は、図々しくもデンとその真ん中に居座っている。

男とか、後輩だとか。藤枝にとったら大きな問題であるそれらも、ポンポンと蹴散らす姫野の迫力にそんなものは意味のないものになっていた。

さらには、まったく考えていなかった男同士のセックスまで現実的に想像させたのだ。自分の趣味が良いのか悪いのか、どちらにせよ姫野以外にそんな気持ちは起きないので、それ以上考えるのは止めた。

「師匠？」

よほど戸惑ったのか、無意識らしく口にしたそれに、藤枝は違うだろと言った。

「師匠って言うの、止めろよ」

姫野は、藤枝が御するには手に余る。それでも、欲しい。

「……僕、また呼んでいましたっ？」

姫野はびっくりしたように目を見張った。どうやら自分ではそう呼んでいた自覚はないらしい。自覚がないことを注意しても仕方がないかもしれないと思うが、あくまでも自分は姫野と師弟関係になる気はなかった。

いったい何時から呼んでいたんだろうとブツブツ呟いている姫野は無防備だ。

ここで、爆弾を一つ落としてやろうと思った。自分だって驚かすネタはあるんだぞと、藤枝はぐっとその顔を覗き込んで笑い掛ける。

「俺の名前、ちゃんと知ってるか？　鳴海」

「！」

その瞬間、姫野の大きな目が零れ落ちそうなほど見開かれた。

＊　＊　＊

一瞬、思考が止まってしまった。

（い、今……）

藤枝が何を言ったのか、頭の中で何度も繰り返す。

彼は確かに《鳴海》と自分の下の名前を呼んだ。会社で呼ぶ《姫野》ではなく、ハムちゃんの代わりとしてのペット《ヒメ》でもない。

まさか藤枝が自分の下の名前を知っているとは思わなかった鳴海は、目の前の藤枝の顔をマジマジと見返して……次第に喜びが湧きあがった。

「ぼ、僕の名前っ、知ってくれていたんですかっ?」

「……まあ、最近頭の中に入ったんだけどな」

馬鹿正直に答えてくれる藤枝の人柄の良さにもさらに感激をし、鳴海はポウッと想像に浸ってしまう。

(最近僕の名前を気にしてくれたっていうのは、師匠も僕のことをペットだって認めてくれたってことだよねっ? うわっ、早く日記に書きたい～!)

今なら軽く六ページはこの喜びで埋めることが出来そうだ。

「おい、戻ってこい」

チュッ
頭の中に次々と浮かぶ文章に浸っていると、一瞬、藤枝の顔がアップになって、直ぐに離れた。

「……グ、グルーミングの時間ですか?」

「違う。鳴海にキスしたんだ」

「だから……」

「人間の鳴海とだぞ」

「……人間の、僕？」

ボンッと、顔が熱くなった。

（キ、キスだって、師匠、僕とキスって……）

「あっ！」

しかし、次の瞬間に鳴海は両手で口元を覆う。着ぐるみの手では顔の半分以上隠れてしまって藤枝の顔が見えなくなり、慌てて片方だけにして藤枝の顔を見た。

「言っておくが、これは冗談じゃないぞ」

「……へ？」

「お前が考えそうなことだが、俺はお前にキスしたくてしてるってこと」

「はあ……」

「……その顔じゃ、わかってないな」

なぜか呆れたように言われたかと思うと、藤枝は出ている顔の部分に手を寄せ、熱を測るように額にあてた。

「気分は？　大丈夫か」

「絶好調です！」

夕方までに何とか微熱程度には下がっていたし、何よりもこうして藤枝と会うことが鳴海の元気の素《もと》だ。

昼間、わざわざ見舞いに来てくれたからか心配してくれる藤枝に、鳴海は張り切って答えた。

「じゃあ、少しいいな?」

「少し?」

何がと訊ねる言葉は、そのまま胸のファスナーに下りてしまった手の動きで止まる。

そして、着ぐるみのファスナーを下げるのを目で追った鳴海は、もう一度藤枝を見上げた。

「お前がどこまで本気なのか確かめさせて欲しいんだ」

「本気って……」

(……あっ、しっぽ!)

鳴海ははっと思い当たった。なんだか藤枝の様子が違うような気がしていたが、きっと、彼は鳴海がしっぽまで付けてハムスターになりきる気があるのか試しているのだ。

だが、夕べも試してみたが、結局人差し指も完全に入らなかった。それに、新里にはまだしっぽのことは言っていないので、どっちにしろ今日は持参していない。

「ごめんなさい!」

せっかく藤枝が期待してくれていたのに何も出来ないと、鳴海は仰向けの状態のまま謝った。

「どうした、急に……」

鳴海の謝罪が意外だったのか、藤枝が戸惑ったように訊ねてくる。もちろん、鳴海はすぐに理由を説明した。

「僕っ、まだお尻に指が入らないんですっ」

「……は？」

「しっぽ、早く付けたいのは山々なんですけど、ごめんなさいっ、もう少し待ってもらえませんかっ？」

せめてあと数日、時間をもらえたら立派なしっぽを生やしてみせますからと誓った鳴海は、少し黙ってくれとなぜか焦った藤枝に言われてしまった。そればかりか、口を手で覆われてまじまじと顔を覗かれる。

（師匠？）

こんなふうに、焦ったような、困惑したような表情の藤枝を最近よく見掛けるが、自分の言動はそんなに彼を悩ませているのだろうか？

藤枝の気持ちがわからないまま、それでも素直に待っていると、藤枝はようやく口を覆っていた手を離してくれる。思い切り口で息を吸った鳴海は、彼の次の言葉を待った。

「……はぁ」

やがて、藤枝は大きく溜め息をつく。そして、片手で軽く髪をかきあげた。

「お前の思考が突飛なことはわかってたつもりだけど……今回のは、ホント参った」

「あの」

「……いい加減、俺も慣れないとな」

いったい何のことを言っているのか？　ただ、藤枝の様子ではどうも怒ってはいないらしい。

呟くように何か言った彼は、止まった手を動かしてファスナーをすべて下ろした。

「ハムの兄弟でもいい。俺の気持ちが変わるわけじゃないし、あとはお前の気持ちを教えてもらえばいいんだし」

「僕、の？」

「ペットは主人に従順なものだ。……逃げるなよ、ヒメ」

そう言うと、完全に着ぐるみを脱がせ、当たり前のように耳を装着される。

「これを付けた方が落ち着くんだろう？」

そして、よしと満足そうに笑ったかと思うと、そのままお姫様抱っこで抱きあげられてしまった。

落とされないようにと慌てて藤枝の首に手を回したものの、やはり鳴海は今のこの状況がわかっていない。

「あ、あの、どこに行くんですか？」

「愛情の方向性を調べるんだよ」

「愛情の、方向性？」

「お前がどういう意味で俺を慕ってくれて……どこまで、俺を受け入れてくれる気か」

「そんなのっ、僕は何時だって師匠の全部を受けとめてみせますよ！」

自分の気持ちを疑われているような気がして少しだけ怒りが湧いた鳴海だが、同時にそれほど藤枝は自分に対して確かな飼い主としての愛情を持ってくれるようになったのかもしれないと思い直した。

ここで自分の揺るぎない藤枝への献身を見せ付けたら、今度こそ本当に彼の側にいることを許してもらえるかもしれない。大好きな彼に、もっと可愛がってもらえるかもしれない。

（どんなことでも、ドンとこい！）

鳴海は鼻息荒く決意した。

「全部、だな」

藤枝は綺麗に笑って、鳴海を抱いたまま歩き始める。

どうやら下ろしてくれないようなので、鳴海はその体勢のまま藤枝を見つめた。

（ペットのあの処理もしてくれるなんて、師匠って結構アブノーマルな思考の人？）

鳴海がハムちゃんの兄弟でも受け入れると言い、ペットがどうこうとも言った。

向けてくれる優しさはさすが愛ハム家だと思うが、その上でキスをし、下肢まで弄って気持ち良くしてくれるなんて、相当愛情過多か、もしくはちょっぴり危ない趣味をしているのかもしれない。

（それぐらいじゃ僕の気持ちは揺らがないけど！）

そんなことを考えている間に藤枝はあるドアの前に行くと、迷わずそれを開けて中に入った。電気をつけられ、鳴海はそこがどこなのかようやくわかった。

（こ、ここって、寝室だぁ）

初めて見る藤枝の寝室。枕とベッドカバーはグリーンで、部屋のカーテンの色と一緒だ。あまりごちゃごちゃしていない、シンプルな部屋の中を興味深くキョロキョロと見た。あとで日記にしっかり家具の配置まで書けるように覚えていなくてはと意気込んだのだ。

（こんな所にまでお邪魔させてもらうなんて、なんだかすっごく幸せすぎて怖い～）

それでも、この幸運と引き換えに悪いことがあったとしても全然大丈夫だと思える。

「おい」

「……」

「おい？」

ぼうっと部屋の中を見渡していた鳴海は、そのままコロンとベッドの上に仰向きに寝かされ、ようやく現状を悟った。

「あ」

「あ、じゃない。ったく、本当にマイペースだな、お前は」

「す、すみませんっ」

謝ったが、寝たままというのは失礼だ。そう考えて起き上がろうとしても、藤枝がそのまま身体を乗り上げてきたので身動きが取れなくなった。

「し、師匠？」

「まだ、何もしていないぞ」

「えっと、確か、愛情の方向性を確かめるって……」

「何だ、ちゃんと覚えていたのか」

「当たり前ですよっ！　僕が師匠の言葉を忘れるなんてありえません！」

下から見上げながら力説すれば、藤枝はくくっと笑みを漏らした。なんだか、妙にセクシーな笑顔だ。

（の、悩殺しないで下さい〜っ）

「お前は病み上がりだし、どうも今の状況も理解していないらしいが、俺は自分の気持ちに気づいてしまった」

「は、はあ」

「だったら、お前の気持ちがどういう種類のものか、確かめさせてもらってもいいな？」

だったらという言葉がどれに繋がっているのだろうと考えるが、藤枝がもしも自分の思いの深さを確かめたいというのなら何だって受け入れられる。

だてに一年以上藤枝を見つめていたわけではないし、生半可な気持ちで着ぐるみを着て彼の前に立とうなんていう決心はしていない。

（大好きな人のためだったら何だって出来るんだから！）

藤枝が何を求めているのか今いちわからないが、それでもこれで藤枝のペットの正式称号が貰えるのならば光栄なことだ。自分の気持ちはペット以上のものだが、彼の一番側にいられるのならそれでも構わない。

（その方が、僕の方からも甘えやすいしっ）

自分の中で自己完結をした鳴海が力強く頷くと、そうかと強烈な威力のある笑みを浮かべた藤枝がそのままTシャツの中に手を入れてくる。

「……やっぱり、胸はないな」

確認するように言いながらも、藤枝の神の手は鳴海の小さな乳首を摘んでいる。思わず息が上がりそうになるのを鳴海は必死で抑えた。

「オス、ですからっ」

今までだって散々舐めたり吸ったりして藤枝も確認している場所だ。今更な言葉だとは思いつつ、鳴海はもぞっと腰を揺らしてしまった。

飼い方その八　交尾をしましょう

今までは、こんな戯れをするのはソファや風呂場だった。それなのに、今日はなぜか寝室で、目の前では藤枝がシャツを脱ぎ、ジーパンのファスナーまで下げようとしている。

（な、なんだか……）

することは同じだと思うのに、その雰囲気がなんだか違う。さすがに鳴海は藤枝に訊ねてしまった。

「これって、あの、グルーミング、ですよね？」

確認するように言うと、あっさりと藤枝は否定した。

「違う、セックスだ」

「セ……クスゥ？」

それは、男と女がお互いのナニを合体するという、いわゆる性行為ということだろうか？

（師匠が、僕、と？）

セックスは男女間で行うものだ。いや、一部では同性同士でそういった行為を行う人がいることは知っていたが、それはあくまでも特殊というか……特別な人の間でのことで、鳴海はもちろん、藤枝もその特別な輪の中には入っていないはずだった。

鳴海は思わず身体を起こし、少し距離をとった場所で（それでもベッドの上だが）正座しながら藤枝に訴えた。

「僕も師匠も、男ですけど」

「ああ」

「そういった特殊な方々とは違うっていうか……えっと……」

もしも、自分が女だったら――それこそ今の状況は幸せで、天にも昇る心地だろう。

しかし、そんな自分の欲望は、尊敬する藤枝にぶつけるものではない。あまりにも恐れ多いと言おうとした鳴海は、ふと落とした自分の下半身が僅かに下着を押し上げて勃ち上がっているのを見てしまった。

先程、藤枝に少し胸を触られただけで感じてしまったのだ。

（こんな時なのに～っ）

自分ではペットだから可愛がってもらえると思っていたはずなのに、性別など関係なく藤枝にエッチな感情を持っている。

そう思った途端、さわやかで真面目な藤枝に申し訳なくて仕方がなかった。

「僕っ、師匠のを受け入れる技術がありませんっ！」

気持ちはあっても、身体は男だ。藤枝の要求に応えることは出来ないと頭を下げる鳴海は、突然グッと抱きしめられた。

シャツの前が開けた藤枝の胸筋を自身の肌《はだ》に感じて、またもやうっとりとトリップしそうになった鳴海の耳に、苦笑交じりの藤枝の声が聞こえる。

「とりあえず技術は関係ない。って、いうか、特殊な方々って言うのは止めろ。俺も、お前も、普通だろう？」

「師匠……」

「それでも気になるっていうなら、少し考え方を変えればいい。繁殖力が強いハムスターにとっては少々の性別の違いなんて関係ないって」

「そ、そうでしょうか？」

「お前が自分で言ってたんじゃないか、僕はハムスターだって。違うか？」

違わない。あくまでも初めはハムスターとして藤枝の側にいられれば良かった。ハムちゃんの話を楽しげに、とても優しい顔でペットショップの店長に話していたように、自分のことも同じように愛情のこもった目で見て欲しかった。

「種の違うものの交配は基本的には無理だが、男……オス同士だったら関係ないな」

案外あっさりと言う藤枝を、鳴海は呆然と見つめてしまった。

「……師匠って、獣姦《じゅうかん》の嗜好《しこう》が……」

まさか、あの小さな体のハムちゃんにも欲情していたのだろうかと恐々訊ねると、渋い顔をして頭を叩かれた。

「お前、馬鹿か。ここまできてわからないのか？」

「す、すみません、わかりません〜」

どう理解していいのか、本当に情けないがわからない。少し視界が潤んだまま上目遣いに藤枝を見ると、彼はなぜか片手で鼻と口を覆い、反則だとわけのわからないことを言ってから鳴海を睨みつけてきた。

「俺は、お前が好きだから欲情してるの！　ハムのことはまったく関係ない！」

怒ったように言い捨てられ、そのままガバッと押し倒される。

「……え、師匠、僕のこと好きなんですか？」

随分間抜けな言いざまだが、鳴海は直球で聞き返した。それならば、俗に言う両想いというやつではないのか。

「今言ったこと、聞こえなかったか？」

「あ、いえっ、バッチリ聞こえました！」

慌てて言い返すと、大きな溜め息をついた藤枝が顔を寄せてきて……言葉よりも明確な行動をとる。

とても信じられないが、どうやら自分はあのハムちゃん以上の存在になったらしかった。

「んぁっ」

ピチャッという水音を立てながら乳首を舐められた。ただの胸のしるしであるはずの乳首が、それだけでピリピリとした刺激を受ける。

鳴海も藤枝も既に服は全部脱ぎ捨て、まさにするぞという体勢になっていた。

怒濤《どとう》の展開だが、鳴海は藤枝のことが（気づいたばかりだが）好きだし、藤枝も想いを寄せてくれて、お互いが欲情している。

ここで、手を繋ぐことから始めましょうなんて言う余裕など鳴海にはなく、それよりもまず藤枝への想いが強い自分の方が彼を喜ばせなければという使命感に燃えた。

「ス、ストップ、です！」

「……なんだ」

乳首に吸いついていた藤枝を引き離すと、何やら不機嫌に問い返される。しかし、それには負けていられないと何とか藤枝の腕の中から逃れた鳴海は、えいっという擬音付きで彼を仰向けにベッドに押し倒した。

「おいっ？」

「僕にさせて下さい！」

藤枝が触れてくれるだけでペニスが勃ってしまう自分と同じように、足に当たる藤枝のペニスももう熱くなっている。自分が勃たせる側になるとは思わなかったが、これも運命だったのだと思えば胸が震えた。

「失礼します！」

ガシッと遠慮なく掴むと、手の中のペニスがピクンと震えるのがわかる。

「！」

（うわっ、すっごく硬いっ）

まだ緩く勃っている段階で、硬さも熱さも遥かに自分の上をいっている藤枝のペニスはやっぱりすごい。こういうものをお宝と言うんだなと、さすが師匠と頭の中で称賛した。

（えっと、自分でするようにして……）

片手に余る竿を両手で掴み、既に零れ始めた先走りの液を塗り付けるようにジュクジュクと擦り始めた。ただ、それだけでは前回同様で能がないとも思い、時折カリの張った先端部分にも指を滑らせて刺激した。

下生えの下の双玉にも手を伸ばしてみるとコリコリとした感触が面白く、思わずそれを楽しんでいると、こらと、叱られてしまう。

チラッと見上げた藤枝の顔は少し苦しそうだったが、眉間の皺も、噛みしめる口元も、とても艶っぽくて男の色気ムンムンだ。

（師匠……感じている顔も、完璧……！）

ぜひ写真に撮りたいと思考が暴走していると、自身のペニスにも手を伸ばされてしまった。

「あ、あのっ」

「お前だけ狡いだろう」

そう言いながらも、藤枝の手は止まらない。下半身から込み上げてくる熱を誤魔化すために鳴海も藤枝のペニスを擦る手に力を込めた。

グチュグチュ　ズリュ。

「んっ、ふぅっ」

「……っ」

恥ずかしいほどの生々しい水音と、赤面したくなるような自分の声。鳴海は何とか唇を噛みしめて声を漏らさないようにするが、藤枝の大きな手にペニス全体を包まれるようにして擦られ、刺激されると、どうしても声が出てしまう。

まだ完全に剝けていない先端部分の皮も滑《ぬめ》りを利用してか少しずつずり落ちてきて、敏感な部分が顔を出してきた。

「あっ、あっ」

(き、もちっ、いっ、かも!)

次第に、自分の手を動かすというよりも藤枝の手の動きに身体を揺らし始めた鳴海は、

「いたあ〜っ!」

いきなり感じたピリッという鋭い痛みに思わず声を上げた瞬間、手の中のものを強く握り締

めながら精液を迸らせていた。

（じんじんする〜っ）

「痛かったか？」

「い、痛いですぅ〜」

さすがに恨みがましく言えば、これで皮が剝けたと驚くようなことを言われてしまった。

パッと下半身に視線を向けると、確かに大きさは変わらないものの、先端部分は藤枝と形容的に似たものに変化している。

それまで痛いのが嫌で放っておいたが、思い掛けなく藤枝の手で大人にしてもらったらしい。

嬉しいような、もっと優しくしてくれても良かったんじゃないかと恨みがましいような気持ちになった鳴海は、ふと手の中の藤枝のペニスがビクビクと揺れ、濡れてしまっているのを知った。

（あ、あれ？）

手のひらを汚す熱く、白いもの。いったい、何時イったのかまるでわからなかった。

いや、多分鳴海が痛みと共に射精した時、思った以上にペニスを握っていた手に力を込めたせいで、藤枝も早い射精を迎えたのかもしれない。

「……っ、情けねえ……」

悔しげな藤枝の溜め息交じりの声が聞こえた。藤枝にとっては不本意かもしれないが、その言葉は鳴海にとっては嬉しいものだ。

意図しないタイミングだったが、自分が藤枝を感じさせることが出来た。

鳴海はそっと手のひらを汚すものを見てみる。白く粘ついたものが精液だというのはわかっていたが、これが藤枝のものとなると自分とはまったく違ったものであるように感じた。

大人になった自分は味覚も変わったかもしれないと、ワクワクしながらちょっとだけ舌で舐めてみたが、直ぐにうっと顔を顰《しか》める。

（やっぱり、まず……）

自分にはまったく学習能力がないらしい……。

顔を顰めた瞬間、唐突に取られた手のひらをシーツで拭われてしまった。

「……師匠？」

「あんまり煽るなって」

「え？」

どういうことだと訊ねようとする前に、再び鳴海はキスをされた。

直ぐに入ってきた舌は今の精液の味を舐め取るかのように口腔内を蠢《うごめ》き、鳴海は直ぐに息苦しくなった。胸やペニスを弄られることには直ぐに身体も快感を拾えるが、やはりキスというものは何時まで経っても慣れない。

こんなにも近くに藤枝の顔があることが恥ずかしいのだ。

「ふむぅっ」

ピチャピチャと音を立てながら絡む舌に意識を捕らわれていると、再びつっとペニスに指を這わされた。

だが、また扱いてくれるのだろうかと思っている気持ちとは裏腹に、その指はペニスの下の双玉を通り過ぎ、もっと後ろへと伸ばされる。鳴海の精液で濡れている指は滑《ぬめ》りを帯びて滑《すべ》りやすく、それは簡単に目的の場所に着いた、らしい。

「うひゃぁっ？」

「ここ、自分で慣らしてみたんだよな？」

そう、しっぽを入れるために慣らそうとしたが、途中で挫折してしまった場所だ。

「……しっぽの件はまあ、あとで話すとして……男同士はここを使ってセックスするんだが……知ってるか？」

「！」

（ぼっ、僕にはプロの技術がないのにっ？）

目を見開いて藤枝を見つめている自分は、きっと間抜けな顔をしているはずだ。

男女間ならば迷うことなく身体を繋げる場所があるが、同性、男同士ならば一つしかない。

さすがに鳴海も知識としては知っていたが、それはあくまでも同性愛者のプロ同士がする高等なセックスだと思っていた。

確かに藤枝はさっき覚悟しろと言っていた。鳴海自身は今の今まで射精する快感だけを追っていたが、藤枝はそこまで自分に求めているのだ。

「……嫌、か？」

少しだけ、不安そうに訊ねてきた藤枝に、鳴海は焦って首を横に振る。確かに驚いたが、藤枝を拒否することはまったく考えてもいなかった。

いや、そもそも今日、藤枝とここまで関係が進展するとは思わなかったものの、嫌か嫌でないかと聞かれたら、きっぱりと嫌ではないと答えることが出来る。

ただ、藤枝のあのペニスを自分の尻で受け入れられるかといえばちょっと疑問だ。指で挫折した鳴海の肛門に、藤枝のサイズはかなり……過酷すぎる。

それでも、鳴海は目まぐるしく考えた。容量があまりに違いすぎる凹凸《おうとつ》をどう収めるのか。

（……あっ、自分の指だったから無理だったのかも！）

しっぽを入れるために自身の指をそこに入れるという特訓をしたものの、どこかで痛みに対する恐れがあったせいで逃げてしまったのだ。これが自分の意思が伝わらないものならば、強引にでも中に入れることは可能かもしれない。

頭の中でグルグルと考えた鳴海は、とっさに目の前の藤枝の腕を摑んだ。彼の指を濡らしているものでここを解《ほぐ》せば少しは違うはずだ。

「この指、貸して下さい！」

「おいっ」

「広げないと入りません！」

半ば叫ぶように言った鳴海は必死だった。

「汚れたらっ、あとで僕が舐めて綺麗にしますから！」

その瞬間、藤枝の顔が赤くなってしまったのがわかった。


「う……ぇ……ふぐっ」

下半身がピリピリと痺れ、腹の中がいっぱいになる。

鳴海はベッドにうつ伏せの状態で枕を抱きしめて、初めて感じる感覚にずっと耐えていた。

（よ、涎《よだれ》っ）

枕を噛みしめているので唾液《だえき》で汚れてしまうのが気になるが、この感覚に耐えるためならば仕方がない。絶対にあとで自分が洗濯をしますからと藤枝に心の中で詫びながら、鳴海は必死に中を弄られるのに耐えた。

「姫野……っ」

「……ぁっ」

（な、名前っ、戻っちゃってま、すっ）

せっかく鳴海と名前を呼んでもらえたのに、また元に戻ってしまっている。しかし、この方が何時もの藤枝らしいし、余裕のない様子がなんだか嬉しい。

テンションが上がる鳴海だが、まだ大きな問題が控えていた。

（師匠のアレが入ってきたら……裂けちゃう可能性だってあるかも……で、でもっ、人間の治癒力だって馬鹿になんないし！）

指先を切っても、翌日には血が止まり、傷は塞がっている。きっと、あそこも大丈夫だと何度も何度も心の中で言い聞かせていると、いきなりズリュッとペニスを扱かれた。

「ふあっ！」

背後から伸ばされた藤枝の手は先程よりも激しくペニスを扱いてきて、鳴海は声を上げてしまった。自分が感じさせる前に、また藤枝に奉仕をさせてしまうと、焦って彼の名前を呼ぶ。

「師匠……っ」

「これだけじゃ足りない、なっ」

熱い吐息と共に、耳たぶをハムッと噛まれた鳴海が背中を反らすと、ちょうど尻の丸みに硬く熱いものが触れた。

「ふぇ……？」

背中に藤枝の胸板が当たったかと思うと、いつの間にかヌルンと自身のペニスに手以外のものが触れてくる。

「な、なに？」

新たな感触に、何とかその正体を見ようと枕から顔を上げた鳴海が必死で下半身を見ると、自分のペニスの下からもう一本のペニスが――生えていた。

（こ、れ！）

ゆっくりと藤枝が腰を動かすと、もう一つのペニスが鳴海のそれを下から擦り上げてくる。ペニスでペニスを擦られているとようやく理解した鳴海は、途端に猛烈な羞恥を感じた。尻の穴にペニスを受け入れるのも当然恥ずかしいが、こうしてペニス同士を擦り合わせるのだって負けずに恥ずかしい。

「はっ、や、やだぁっ」

思わず泣き声になってしまう鳴海を宥めるように背中にキスをしてくれた藤枝が、二本のペニスを大きな手で一緒に包み込み、擦り始めた。

たまらない羞恥を感じるのに、鳴海は藤枝の腰の動きに合わせ、尻を動かしている自分に気づかない。

「んっ、んんっ」

グチュグチュという音と、荒く息を吐く自分の声が耳に響いて嫌々と首を横に振れば、藤枝がさらに腰を動かしてくる。もっと強い刺激を欲した鳴海は、無意識のうちにそれに手を伸ばした。

（お、きっ）

上半身をベッドに預け、しっかりと藤枝に腰を支えてもらっている格好で、鳴海は何とか片手を伸ばしてみたが、とても二本のペニスを掴むことは出来ない。

（こ、こすらない、とっ）

もっともっと気持ち良くなれない。

鳴海は二つのペニスの先端だけを指先で刺激するように揉み込んだ。剝けたばかりの自分のペニスは些細な刺激でもビクビクと跳ねたし、大きな藤枝のペニスもドクドクと大きく脈動を打っている。

（師匠も、感じてるっ）

背中に掛かる藤枝の熱い息に全身が震えてしまった。二つの手が、二つのペニスを擦り、逞しい腰が、細い腰を犯すように動いている。

「んあぁぁ！」

「……くぅっ」

ひと際強くペニスが擦られた瞬間鳴海は精を迸らせてシーツを汚し、その直ぐ後、逞しいペニスが膨らんだかと思うと、にゅるっと腰を引かれて尻に熱いものが掛けられた。

「……っふぅぁ……」

鳴海の腰がブルッと震え、双丘の狭間《はざま》をとろりとした感触が伝って流れ落ちていく。

その何ともいえないくすぐったさに肩を竦めた鳴海は、いきなり尻にズリュッと何かが入り込むのがわかってシーツに崩れ落ちてしまった。

「な、なにっ？」

「少し、柔らかくなってる」

何がなんて、具体的に聞かなくてもさすがにわかる。

「ゆ、指、入って、ますか？」

「今、一本……根元まで入ってるぞ」

自分の時はそれさえも無理だった。

自分よりも体格のいい藤枝は当然のごとくペニスも立派だが、その手も鳴海のものよりも一回り大きい。その指が一本丸ごとあの穴の中に入るとは。

（さ、さすが、神の手の持ち主！）

鳴海が少しずれたことを考えている間も、尻の穴は弄られていた。さすがに自由に動かすことが出来るほどゆるゆるではないので大きな動きはないが、身体の中から身体を掻かれる感覚はとても奇妙で、受け入れる気満々の気持ちとは裏腹に、身体は少し引き気味だ。

「痛みは？」

「あ、りませ、んっ」

痛くはない。

「そうか」

正直に言えば、藤枝はホッと安堵したように笑ってくれる。何時もの数倍、いや、数千倍はパワーのある笑みにポウッと見惚れると、その隙を狙ったかのようにさらにもう一本の指が差し込まれた。

「ふうっ！」

さすがに少し痛みが生まれ、鳴海は顔を顰める。

(この体勢は、ちょっと……っ)

シーツに胸を預け、尻だけを高々と上げている体勢は、何とも動物的な感じだ。その上排泄器官である尻の穴を藤枝の面前に晒しているというのは、さすがの鳴海も恥ずかしかった。

(今、指二本でっ、師匠のアレの大きさから考えるとっ、指、五本は入るまで、このままっ、かもっ)

この羞恥にどのくらい耐えればいいのかと考えると気が遠くなりそうだ。

(そ、それだったらっ、痛い方が……！)

鳴海は、後ろ手に尻に手を掛ける。

「し、しょっ」

それを、震える手で、何とか左右に押し開くようにした。

「も、い、です、からっ」

「姫、野」

「もうっ、いれちゃって、くださ、いっ」

藤枝にこれ以上手間をかけさせるのも悪いし、この格好はあまりにも恥ずかしすぎる。

今はまだ指は二本しか入っていないが、あとその倍と考えると……一瞬の痛みなら、きっと、多分、耐えられると思った。

「……いいのか？」

さすがに藤枝は心配そうだったが、鳴海は何度も頷く。

（もう、ズブッと来ちゃって下さい！）

シーツを握り締め、体勢を整えた鳴海の尻を、藤枝の大きな手が優しく撫でた。

「出来るだけ、優しくするから」

「……っ」

（信じてます！）


つぷっと、柔らかくて、それでいて硬く、熱いものが尻の穴に押し当てられた。

いよいよ来るなと思って身構える鳴海に、藤枝は力を抜けと何度も囁いてくる。

「深呼吸してみろ。ほら、吸って、吐いて」

（す、吸って、吸って……）

「ふくっ」

ままならない呼吸に咽て咳込み、次にハァハァと息をした。

ズリュッ。

「ひゃあぅ！」

身体から力が抜けたその瞬間を狙っていたのか、グッと掴まれた腰が後ろに引かれたかと思うと、尻の中にググッと熱いものが侵入してくるのがわかった。

（力、力抜かないと……っ）

あの、大きな藤枝のペニスを受け入れることは出来ない。

鳴海は何度も浅い呼吸を繰り返し、少しずつ身体の中に押し入ってくるものを必死で受け入れようとする。

腰を撫でられ、宥めるように背中にキスをされながら、名前を呼ばれた。

なんだか、とても大切にされているような、藤枝の特別になったような気がしてくる。痛みは消えないままだが、それはやがて痺れに変わり、熱さを伴って鳴海を襲ってきた。

「んあっ、はっ」

（ま、まだっ？）

そして、どのくらい耐えたかわからなくなった頃、柔らかな尻に不意にざらっとした下生えの感触が当たった。

（こ……れ？）

「入った、ぞっ」

信じられないほどの達成感に、深い息をつく。藤枝は鳴海の苦痛を考えてくれたのか、しばらくそのままの体勢で何度も腰を撫でてくれた。

「姫、野……っ」

息の上がった藤枝の声に、鳴海が一番に感じたのは幸福感だ。きちんと藤枝を受け入れることが出来たのだと思うと嬉しくて、思わず身体に力が入る。

「……っ」

「はうっ」

（ま、またっ、膨張、したっ？）

さらに身体の中で大きくなったそれに息が上がる間もなく、ゆっくりと中から引き出される。

（ざらざら、するっ）

狭い部分を先端のエラが張った部分で引っ掻かれるように刺激されたかと思うと、次は最初よりも強く中に押し入られる。

それを、始めはゆっくりと、次第に速い間隔で繰り返され、鳴海はもう呼吸もままならなくなってきた。

「あっ、はっ、やぁ、だっ」

声が上ずり、絶対に快感しか感じていないようなエッチな響きになってくるのが恥ずかしい。

それでも抑えることが出来ず、藤枝に後ろから揺さぶられるまま、痛みと圧迫感を誤魔化すために自分からも腰を揺すった。

静かな寝室の中には自分の声と、藤枝の荒い息遣い。そして、身体がぶつかり合う音に、合体している部分の水音が響く。

「も、もうっ」

「……姫野っ」

かっと身体が熱くなり、頭の芯まで痺れた時、そのすべてを解放するように精を吐き出した鳴海は、その直ぐ後に身体の最奥まで突き入れられていたペニスがニュルンと抜かれ、尻に熱いものが掛けられたのがわかる。

優しい藤枝は鳴海を気遣い、身体の中ではなく外で射精してくれたのだ。

彼らしいと思う反面、鳴海はぼんやりと、中で出されたらどんな感じだったのだろうかと考える。

（やっぱり……熱い？）

「姫野、大丈夫か？」

「……」

掛けられる声にコクンと微かに頷いたが、鳴海の脳内妄想は既に始まっていた。

（やっぱり、男は……妊娠しないの、かな）

藤枝の子供をたくさん産んだ自分を想像して、なんだか本当にハムスター思考になっちゃったかもしれないと思いながら笑えた。だが、本当に無理なのかどうかは実際にしてみないとわからない。

世の中には不思議なことは多々あるはずだと、鳴海は力の入らない手を何とか自分の尻に掛けた。

「ひめ、の？」

藤枝の掠れた声はとても官能的で、イったばかりの身体から熱は引かない。体力がある方ではない鳴海だが、これならばまだもう少しこの淫らな時間を継続出来そうだ。

「し……しょ」

左右から、薄い尻たぶを左右に開いてみせる。その瞬間、狭間に掛けられた精液がまだ熱い尻の蕾《つぼみ》を伝って流れ落ちるのがわかった。

「な、か……に、出し、て、くださ、い」

もっともっと、身体の奥まで藤枝の証を注いで欲しい。

「お、ねが……」

最後まで言う前に、強く腰を抱き寄せられた鳴海は、そのままズチュッと再度ペニスが入り込んできた衝撃に背を反らした。

「姫野……っ」

愛の言葉も、気遣う言葉もなく、ただ欲望のままに抽送《ちゅうそう》を繰り返す藤枝の余裕のなさが、かえって自分への強い想いを教えてくれる。さらに深く繋がるようにと正面から抱きしめてもらえたのが嬉しくて、鳴海は身体の中にある藤枝のペニスを抱きしめるように強く締め付けた。技巧はないだろうが、彼を想う気持ちだけは溢れんばかりにあった。

「あっ、ふぁっ、あぁんっ、はぅっ」

藤枝の片方の手が、鳴海の中途半端に勃ち上がって揺れていたペニスを握り、擦ってくる。尻とペニス、両方に与えられる僅かな痛みと大きな快感に、鳴海は呼吸さえままならず、開けたままの唇の端から垂れた唾液がシーツに落ちた。

（ま、また、汚しちゃった！　師匠んちの洗濯機、シーツも洗えるぐらい、おっき、かなっ？）

そんなことを考えている頭の中は冴えているのに、どうやら身体は限界だったらしい。

「ふあ……ぁっ」

ペニスの先端の窪みに爪を引っ掛けられた瞬間に吐精し、さらにシーツを汚してしまった。

「……くっ」

それから間を置くことなく、ビシャッと身体の奥に熱いものが吐き出される。身体の中を濡

らされる、何とも言いようのない感覚に鳴海はぞわっと震えた。

射精しながら、まだ腹の中で存在を主張しているペニス。

(ビクビク、してる……)

(師匠、って、絶、倫、だあ)

こうならなければ知らなかった、ごくプライベートな藤枝のセックス事情。出来るならビデオに映し、改めてじっくりと鑑賞したいくらいだ。アダルトビデオは見たことがないが、きっとどんな男優よりも色っぽく、テクニシャンで、完璧なセックスの姿だろう。

相手が綺麗なら見応えもあるかもしれないが、その相手が自分だというのが少し複雑だ。しかし、もしも本当に藤枝が他の相手を抱いていたらショックを受けると思う。

(物好き、だったんだ……師匠)

それでも、こんな自分を好きだと言ってくれた藤枝の気持ちを疑いたくはない。

ふと、頭に感じる小さな違和感に指を触れてみれば、あんなにも激しい動きをしたというのに、ハム耳は取れていなかった。完成度の高さに新里への信頼感は増し、それなら今度は実際にしっぽを作ってもらおうかとも考える。ペットとして完璧を目指すならやっぱりしっぽは重要だし、どうせ尻の中に入れるのなら、気持ちの良いものがいい——。

とりあえず、今日のことを忘れないうちに観察日記に書こうと思いながら、限界がきた体力のない鳴海はそのままシーツに身体を沈めてしまった。

エピローグ　ペットの面倒は最後までみましょう

姫野のすべてを欲しいと思ったのは本当だったが、病みあがりの彼に対して今夜ここまでするつもりはなかった。

自分の気持ちをようやく自覚し、姫野も自分に対して好意を向けてくれているとわかった今、時間を掛けてこの先の関係を築いてもいいかもしれないと思えたのだ。

それなのに、無自覚の誘いを受けてしまい、藤枝も理性が利かなくなってしまった。後始末をしてやり、何とかその箇所を傷付けなかったようだというのがわかってホッとしたという情けなさだ。

「あ、ありがとう、ございます」

快感のせいで腰が砕けたらしい姫野はヨロヨロとした足取りでソファに座った。あのまま疲れて眠ってしまうかと思ったが、見掛けに寄らずどうやら気持ちだけはタフらしい。

着ている藤枝のパジャマはかなり大きく、ブカブカな様子に笑みを誘われる。好きな相手に自分の服を着せるというベタなことが案外好きなのだ。

「大丈夫か?」

こんな姿を見ていると、先程まで蕾から白い精液を垂らし、うっとりと目を閉じていた色っぽい姿などとても想像出来ない。

「はい、あの……」

姫野はチラチラとソファの陰にある着ぐるみに視線を向けている。多分、帰りたいと思っているのだろうが、前回も風呂上がりに帰して風邪をひかせてしまったのだ。

「今日は絶対に泊まっていけ。明日は会社も休みなんだし、いいだろう」

「でも……」

「俺が家に連絡をしようか?」

姫野の歳で外泊を煩《うるさ》く言われるとは思えなかったが、そう言うとお願いしますとかなりの勢いで言われた。どうやら、親が怖いらしい。

それは後にしておいて、藤枝は一応姫野にはっきりと告げた。

「これからは、着ぐるみなしでうちに来い」

「え?」

残念そうな顔をする姫野は、もしかしたらこの着ぐるみを気に入っていたのだろうか。

(……いや、多分、遠まわしじゃわからないのかもしれないな)

セックスまでしたが、姫野のような性格の人間は、ちゃんと直接的な言葉で言わないと理解も納得もしないのかもしれない。

「……姫野、俺と付き合って欲しい」

ストレートに言うと、姫野はパチパチと何度も瞬きをした。

「……付き合う……」

「どこかに付き合えっていうんじゃないぞ。恋人として、俺の側にいて欲しいんだ」

「師匠……」

姫野の隣に座り、藤枝がその手を取って指先に唇を触れると、ピクッと震えるのがわかる。

「ハムを失った寂しさも、お前のおかげで乗り越えられた。不眠症だって、何時の間にか治っていた。全部お前のおかげだ」

しかし、それだけではない。笑ったり、驚いたり、苛々したり。自分の中の感情を揺り動かしてくれたのも、姫野だ。

一風変わった存在。

ただ真っ直ぐ、自分を見てくれる相手。

この先望んでも、こんなに面白く、愛しい存在は現れないかもしれない。

「お前が好きだ」

さっき乾かしてやったサラサラの前髪をかきあげ、今度は額にキスをすると、見る間に姫野の顔は真っ赤になった。どうやら恥ずかしいらしい。

「お前は？」

セックスをする前の高揚した気分の時ではなく、今この場でちゃんと想いを返して欲しいと思いながら訊ねると、可哀想なほど動揺した姫野は落ち着きなく視線を動かした後、再び着ぐるみに視線をやってから俯いた。

「す、好き、です?」

「……何だ、その疑問形は」

「で、でもっ、あの着ぐるみは処分しないで下さい！　僕っ、ハムスターにならないと真っ直ぐ師匠を見られないんですっ」

想いを伝え合い、身体まで重ねたというのに、いまだ他人行儀な姫野の言葉に藤枝はしんなりと眉を顰める。

だが、このまま自分の想いだけを押しつけてしまったら……姫野のことだ、また妙な方向に思考が暴走しそうな気もした。さすがにそれは避けたい。

藤枝はチラッと着ぐるみに視線を向けた。

(あれが、素直な姫野を引き出すなら……)

あともう少し、利用するしかないだろう。

「とりあえず、セックスする時はハムスターのことは頭から忘れろよ。俺たちのセックスは生殖行為なんかじゃないし」

先手を打って告げたが、どうやらそれはまた姫野の琴線に触れたらしい。真剣な顔をして訴えてきた。

「子供を作るためにするのが生殖行為だからですよね。男の僕じゃ……、あっ、でも、世界にはいろんな不思議があるし、僕も師匠にいっぱい中に出してもらったので、もしかしたら本当に赤ちゃんが出来ちゃうかも……どうしよう」

藤枝の考え以上に驚く発言をする姫野に、もう笑うしかない。本当に突拍子もない思考の主だが、困ったことにそれさえも可愛く思えるのは自分も毒されてしまったのだろうか。

「お前は、小難しいことを考えなくてもいいんだよ」

「……そうかな」

生真面目な顔をして呟く姫野の身体を抱きしめても、セックスの後で疲れているのか、今は緊張したように強張ることはない。

身体がゆっくり慣れてきたように、いずれ心もすべて自分に傾けばいい。

＊　＊　＊

「ふ～ん」

「……」

「……」

（ど、どうしてこんな状況に……）

鳴海はソファに座っている新里と、自分の隣に立つ藤枝を交互に見つめながら考えた。

翌日、鳴海は起きるなりベタベタに藤枝に甘やかされた。

借りた服に着替える時も、朝食の時も、自分で出来ることまで手を出して面倒を見ようとする藤枝は、かなり世話好きな人かもしれない。

そして、遅い朝食を済ませた後、なぜか藤枝に引っ張られて新里の部屋へとやってきた。

元々、着替えを置いてあるので帰りに寄ろうと思っていたが、藤枝は絶対に一人で行くなと言ったのだ。

そして、二人揃って新里の部屋を訪れた。

すべてを見ていたかのように意味深に笑う新里に、鳴海は自分の身に起こった怒濤の出来事を話したくてたまらなかったが、隣にいる藤枝の存在に気持ちにセーブが掛かる。

(課長には今度にでも……)

ここまで世話になったからには事情はちゃんと説明するというのが礼儀だ。

うんうんと一人納得していた鳴海は、藤枝と新里二人が醸し出す雰囲気にまったく気づかなかった。

「それで?　二人揃って私に何の用だ?」

新里が口を開くと、藤枝が言っておきたいことがありましてと告げた。

「課長、今後姫野が課長の部屋に来ることはありませんから」

「え？」

それには新里ではなく、鳴海の方が驚いて声を出してしまった。

「あ、あのっ」

「どうした？　何か不満があるのか？」

そんな鳴海の反応に藤枝は少し不機嫌そうな声で訊ねてくる。不満というか、不都合はたくさんあった。新里の部屋に行ってはいけないとなると、着替えは非常階段でしなくてはいけなくなってしまう。

その時点で、昨夜藤枝に着ぐるみなしで来いと言われたことはすっぱり頭の中から消え去っていた。

「鳴海」

自分の考えに浸っていた鳴海は、強めに肩を抱き寄せられて焦って顔を上げる。

「師匠？」

「その、師匠っていう意味も、今度ちゃんと説明してもらうぞ」

「あ」

慌てて口を押さえたが、もちろん今の言葉を取り消すことなど出来なかった。そういえば、気をつけていたつもりだったが、やっぱり自然と口にしていたみたいだ。

「何だ、まだそれは話してないのか？」

秘密を知られたと焦る鳴海に、新里は笑いながら言ってきた。

当たり前だ。心の師匠と銘打ってある限りは、心の中にしまっておくというのが正しい。

「……課長は知っているんですか？」

「秘密を共有する仲、だからな」

「……」

「か、課長っ」

着ぐるみの出所がわかったとしても、自分が藤枝を師匠と崇《あが》めいていることは絶対に内緒だ。

少し離れたところから彼を観察し、楽しむ趣味をなくすことは、ライフワークを失うということと同様だった。

（で、でも、師匠に頼まれちゃったりしたら……）

頼むと、綺麗な眼差しを向けられてしまったら、なんだかペラペラと白状しそうな気もしてしまう。凄む藤枝もきっとワイルドなのだろうなあと別方向に思考が飛んでいると、コツンと頭に衝撃があった。

「他の男との秘密はなしだ」

「師匠……っ」

「あとのことは、恋人の俺が全部ちゃんとしてやるから」

「は、はい！」

（すっごいっ、すっごい良い言葉だよ～っ！）

なんだかすごく想われていることがわかる素敵なセリフだ。それを言ったのが藤枝だということがさらに言葉の価値を増幅させる。

「すべて師匠にお任せします！」

拳を握り締めて叫ぶ鳴海を、藤枝は溜め息をついて見つめてきた。

しかし、その目の中に確かな優しさがあるのを感じ取り、鳴海はこの幸せをすべてぶつけるために、徹夜してでも観察日記を書きあげてやろうと誓った。


【初めての外泊は父さんにかなり叱られたけど、師匠が盾になって庇ってくれた。さすがの父さんも、師匠の立派さに拳を握り締めて感激していた。

師匠には父さんとは全然似ていないなって言われたけど、それって褒め言葉かな。

毎朝のウォッチングも結局知られちゃったけど、師匠はそれなら一緒に住むかと言ってくれた。同じ家からなら、朝早く起きなくてもいいだろうって……僕のことをそんなに気遣ってくれて、本当に師匠は優しいんだ！

でも、父さんは家を出ることを許してくれなかった。土日だけの父親サービスじゃ足りないんだって。僕も陰から見守るっていう醍醐味《だいごみ》を感じなくなるのは寂しいから、今のところ同居の話は止めてもらっている。僕の返事に少しスネた様子の師匠は、とっても可愛かった！

あっ、そういえば、最近は会社でも師匠とよく目が合う。僕が見つめているせいかもしれないけど、これが以心伝心っていうのかも。

毎晩の師匠の家への訪問も続けてるけど、なかなか着ぐるみを着せてくれないのがちょっぴり不満。それなのに、昨日ベッドの中でお尻をいじっていた時、今度しっぽを付けてみるかって言ってたし。案外師匠もハムスターの僕を気に入ってるのかもしれない。

この間、師匠に新しいハムスターを飼いますかって聞いてみた。僕みたいな偽物じゃなくて、本当のハムちゃん二号を。あのペットショップの店長さんに頼んでみたら、一番可愛い子を選んでくれるかもしれないって。

だけど、師匠はお前がいるからいいって言ってくれたんだ。お前で手がいっぱいだからって

……もう、本当に僕の師匠は最高！】

END

あとがき

B-PRINCE文庫様では二度目になります、chi-coです。今回は「なりきりマイ♥ペット ～愛ハム家・入門編～」を手に取って頂いてありがとうございました。

前回の話は自動車教習所の中でのかなりマニアックな話でしたが、今回の話もある意味マニアックな世界へと足を踏み入れてもらうことになりそうです。

サラリーマンもの……ふむふむ、大人の恋の話だと思った方、申し訳ありません、まったく違います（汗）。これは単なるサラリーマンものではなく、ペットとご主人様の純愛（？）物語なんです。

今回の主人公である鳴海は、とにかく一途な奴。もちろん、その方法は少し変わっていますが、根底にある熱い思いは一貫して変わりません。

お相手である藤枝に対し、盲目的な尊敬の念を抱いている鳴海はある固い決意を持って、なぜだか人間からペットのハムスターになっちゃいます。まあ、そう思ってしまうところから鳴海のおかしな暴走が始まるのですが、本人がおかしいと思っていないから、さあ大変（笑）。

ひとつ間違えば嫌われ街道まっしぐらな鳴海ですが、さて、肝心の藤枝は……この後は、ぜひ本文をご覧ください。

今回のイラストは、CJ Michalski《シージェイ・ミチャルスキー》先生です。担当様から、「ローマ字の名前が二つ並んでいると、外国の本みたいですね」と言われ、改めて「おおっ、そういえば」と感心してしまいました。
CJ先生の描かれる男らしい藤枝と、可愛らし過ぎる鳴海（とても変な妄想を抱いている青年には見えない）、そしてなにより、御苦労頂いただろうハムの着ぐるみ（笑）。ヘンテコな内容には勿体ないようなイラストを描いて頂き、本当に感謝しています、ありがとうございました。

本物のハムスターを飼われている方にとっては、「これ、全然違う」と異議を唱えたくなるような展開かもしれませんが、至って真面目に鳴海はハムスターになろうとしています。どうか、その努力だけは認めてやってください。
前回と同様、お暇な時の笑いのネタとして、最後まで楽しんで読んで頂けたら嬉しいです。

サイト名『your songs』
http://mogufuku.web.fc2.com/

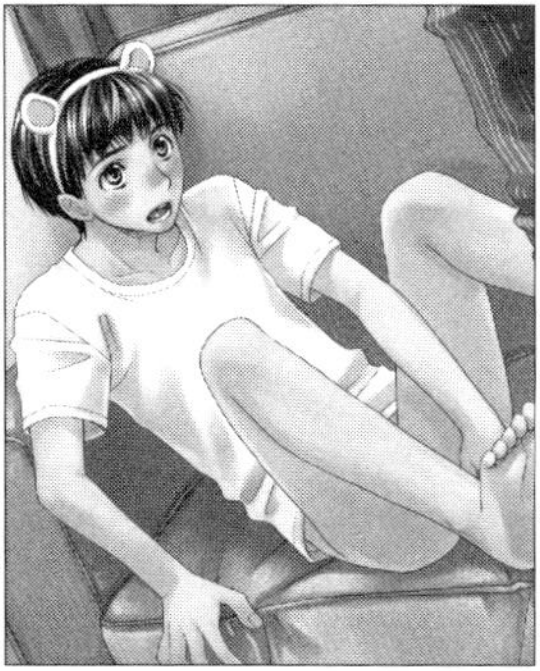

初出一覧 ◆◆

なりきりマイ♥ペット ～愛ハム家・入門編～　/書き下ろし

B♥PRINCE
http://b-prince.com

B-PRINCE文庫をお買い上げいただきありがとうございます。
先生へのファンレターはこちらにお送りください。

〒102-8584
東京都千代田区富士見1-8-19
(株)アスキー・メディアワークス
B-PRINCE文庫　編集部

なりきりマイ♥ペット
〜愛《あい》ハム家《か》・入門編《にゅうもんへん》〜

発行　2011年11月7日　初版発行

著者｜chi-co

発行者｜髙野 潔

発行所｜株式会社アスキー・メディアワークス
〒102-8584　東京都千代田区富士見1-8-19
☎03-5216-8377（編集）

発売元｜株式会社角川グループパブリッシング
〒102-8177　東京都千代田区富士見2-13-3
☎03-3238-8605（営業）

印刷｜株式会社暁印刷

製本｜株式会社ビルディング・ブックセンター

小社ホームページ　http://asciimw.jp/

Printed in Japan
ISBN978-4-04-870873-9 C0193